The Berserker
Rises to Greatness.

흑의 소환사 ②

마요이 도후  Illustration 쿠로긴

광대한 바다를 처음 본 두 사람은 들떴다.
나도 이렇게 새파랗고
아름다운 바다를 보는 건
처음이다.

에필 Efil

"아름다워요…"

켈빈 Kelvin

"이제 바다구나!"

세라 Sera

"의외로군.
사룡(邪龍)
주제에
말할 지능은
있나."

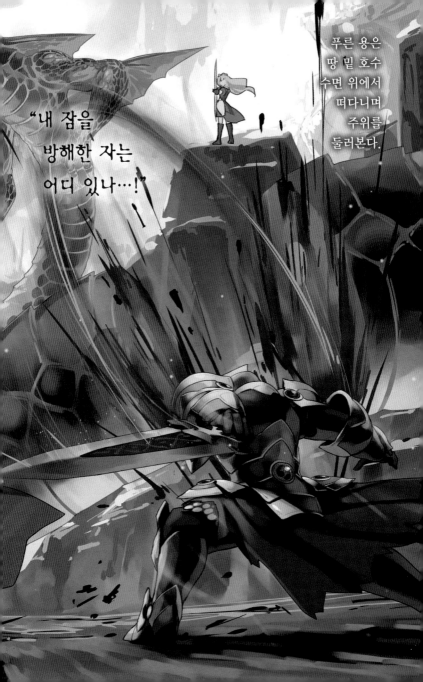

# CONTENTS

거짓된 영웅

# 흑의 소환사

# 2

마요이 도후

축하연이 무사히 끝난 지 3일이 지났다.

연회는 한밤중 늦게까지 이어져, 나는 다음 날 아침에 숙취 때문에 참혹한 상태였다. 모험자 동료들이 선후배를 막론하고 술을 따라주러 왔기 때문이다. 연회 주인공인 내가 거절할 수도 없었기에 술을 부어주면 마시고, 또 술을 부어주면 마시는 것을 반복하고 말았다. 으으, 설마 이세계에서 숙취에 시달리게 될 줄이야….

한편 유쾌한 동료들은 어땠는가 하면….

이 세계에서는 열다섯 살이면 성인이기 때문에, 에필은 법적으로 술을 마실 수 있지만 아무래도 술을 잘 못 마시는 것 같았다. 시종일관 주스를 마시며 연회 내내 나를 신경 써주었다고 한다. 다음 날 아침 숙취에 시달리던 나는 에필의 헌신적인 간호를 받아 빠르게 회복할 수 있었다.

제라르는 술을 퍼마셨다. 양적으로는 나보다 많이 마셨는데도 다음 날도 아침부터 술을 마셨다. 어이가 없다. 울드 씨와 마음이 맞는지 둘이 옛이야기로 꽃을 피우고, 서로의 무용담을 떠들기도 했다. 파즈 굴지의 모험자인 울드 씨와 악마 토벌에서 일익을 담당한 제라르의 대화라서 그런지 젊은 모험자들이 달라붙어 열심히 들었다.

결정판은 세라다. 극도의 어리광쟁이 술꾼 주제에 술 자체에는 심각할 정도로 약했다. 연회가 시작되자

마자 내가 있는 곳으로 날아와 '따라줄게!'라고 선언, 서투르게 술을 따라준… 것까지는 좋았다. 아무래도 지금까지 술을 마셔본 경험이 없었는지, 내가 맛있게 마시는 술을 보며 흥미진진. 그 바람에 "세라도 마시지그래?"라고 술을 따라주게 되었다. 세라는 한 모금 마시더니 곧장 얼굴이 빨개지고 그 약간 처진 새빨간 눈이 풀리더니…. 그다음은 상상에 맡기도록 하겠다.

가장 곤란했던 것은 의외로 메르피나였다. 메르피나는 연회에 참가하지 못해서인지 약간 토라졌다. 너, 신이면서 그런 일로 토라지지 마….

『토라지지 않았습니다. 당신이 대체 언제쯤 되어야 저를 소환할 수 있게 될지 생각하고 있었던 것뿐입니다.』

말은 그렇게 하지만, MP 최대치 강화 스킬 '정력'에 포인트를 할애해도 널 소환할 수는 없다고! 내 MP는 2000이 넘는데 말이야.

『…아.』

왜 그래.

『…직업이 신이면 필요 마력이 수십 배 늘어나는 것을 잊고 있었습니다.』

좋아, 신을 그만둬. 이러다간 아무리 시간이 흘러도 소환을 못한다고.

『그것도 가능합니다만… 어쩔 수 없지요.』

어, 정말 그만둘 거야?

『아뇨, 제 의체(義體)를 쓰겠습니다.』

또 엄청난 소리를 하는군.

『신이 기분에 따라 하계에 내려오는 것은 드문 일이 아닙니다. 그럴 때에는 자기 분신인 의체에 빙의해서 신이라는 것을 숨깁니다. 물론 본래 힘은 내지 못하지만…. 게다가 용모는 똑같으니 안심하세요. 첫눈에 반해도 괜찮습니다.』

뭐가 괜찮냐…. 뭐 좋아, 그렇게 했을 때 소환에 사용하는 소비 MP를 줄일 수 있다면.

『아직 모릅니다. 신을 소환술로 소환한 사례가 지금까지 없었으니까요. 그래요, 그쪽도 조정할 필요가 있겠군요…. 스킬 분배를 말이죠…….』

이봐, 메르피나?

『당신, 저는 조금 휴가를 받아야겠습니다.』

뭐야, 또?!

『의체를 재조정하고 오겠습니다. 잘되면 소환할 수 있을지도 몰라요. 쇠뿔도 단김에 빼야죠. 그럼 이만!』

…이런 식으로 또 파티에서 빠져나가버렸다. 이번에는 언제 돌아올지…. 의체 조정인지 뭔지가 빨리 끝나기를 빌 뿐이다.


메르피나는 그렇다 치고, 우리는 길드 전용 공방에 모였다. 어떤 의제에 대해 상의하기 위해서다. 그 의제란….

"어… 그럼 새 장비를 처음으로 선보이고자 합니다."

"열심히 만들었어요."

말은 선보인다고 하지만, 요컨대 새 장비를 넘겨주는 것이다.

빅토르와 싸우다 레벨 업을 한 나와 에필은 대장 스킬과 재봉 스킬을 마침내 S급까지 올렸다. 지금까지 아무리 노력해도 최대 A급 장비밖에 만들지 못했는데, 이제 최고 랭크 장비를 제작할 수 있게 되었다.

"음, 기다리고 있었다!"

"내 전투용 장비도 완성되었구나!"

최근 사흘 동안 모두에게 나눠줄 양의 장비를 제작했는데, S급으로 스킬 랭크가 올라감으로써 만드는 속도가 매우 빨라진 것이 원인이다. 적당한 재료만 있으면 무엇이든 만들어낼 수 있을 것도 같다.

"일단은 이번에 처음 참가하는 세라부터. 무기는 내가, 방어구는 에필이 담당했어. 바라던 대로 무기인 너클은 빅토르의 장갑으로 만들었어. …정말 그걸로 괜찮은 거야?"

"그래, 문제없어."


세라의 장비는 이번에 처음 제작한다. 뭔가 바라는 게 없느냐고 물어보니 주먹에 쓸 수 있는 장비를 부탁했고, 소재는 토벌 증표로 채취한 빅토르의 장갑을 써달라고 했다. 아는 사이인 동족 악마 빅토르의 소재를 써도 되는지 싶어서 나는 당황했지만, 세라는 그래도 상관없다고 딱 잘라 말했다.

"이렇게 하면 빅토르가 나에게 힘을 빌려줄 거라고 생각해…."

이것도 그녀의 뜻이니 존중하도록 하자.

"그래. 무기 이름은 아론다이트(흑금(黑金)의 마인(魔人)). 성능은 직접 확인해봐."

세라에게 아론다이트를 넘겨준다. 주먹에서 팔꿈치까지 덮는 흑금색 너클을 세라는 홀린 듯 바라보았다. 빅토르의 장갑을 사용해서 그 특성인 튼튼한 방어력, 그리고 손가락의 세밀한 움직임을 방해하지 않는 유연성까지 겸비한 S급 무기다.

"저는 이걸…. 이런 모양새가 나왔으면 좋겠는데요."

방어구에 대해서도 세라에게 의견을 물어봤는데, 이쪽은 난항이었다. 세라의 취향을 이해할 수 없었기 때문이다. 지금까지 성에 갇혀 있던 세라는 직접 의류를 고를 일이 없어 모두 주위 사람들에게 맡겨두었다고 한다. 어쩔 수 없으니 부하 네트워크에 내 지식 속에 있는 의상 정보를 올리고, 그중 눈에 띄는 것을 골라달라고 했다.

"음…."

그러긴 했는데, 현대에서 23년 동안 쌓아올린 내 지식에서 찾는 것이니 만드는 것보다도 찾는 쪽에 시간이 걸렸다. 그리고 이틀이 지났을 무렵.

"이거야, 이게 좋겠어!"

"오, 이제야 결정됐나. 어디어디… 헤에, 군복이냐."

"색은 검은색으로 해줘. 나만 따돌림을 당하는 건 싫으니까."

세라가 고른 의상은 군복이었다. 그야말로 전투복에 적합하고, 스타일이 좋고 미인인 세라에게 잘 어울릴 것 같은 선택이다. 그나저나 내 파티 장비는 다 까만색이네…. 아예 이미지 컬러로 삼아버릴까.

그런 식으로 에필에게도 정보를 보내 완성한 게 이거다.

"퀸즈 테러[狂女帝]입니다. 방어구 이름은…… 죄송합니다, 제가 변경할 수가 없었어요…."

음, 이해해, 에필. 만든 장비 이름은 멋대로 결정되니까. 나쁜 이미지의 네이밍이 붙어 미안한 것이리라. 하지만 안심해.

"좋잖아! 마음에 들었어, 퀸즈 테러! 멋진 이름이네!"

"네? 아, 네, 감사합니다."

세라는 완전히 중2병 모드다.

"왕이여, 나는 어떤 거냐?"

기다리다 못한 제라르가 끼어든다.

"잠깐 기다려봐. 장비가 도망치지는 않으니까."

제라르는 진화해서 새로운 고유 스킬 '자기 개조'를 얻었다. 이 스킬은 장비를 자기 몸에 조합해서 장비의 성능을 한 단계 올리는 우수한 스킬이다. 드레드 노트가 강화된 것도 이 스킬 덕분이다. 단, 한 번 조합한 장비는 다시는 제거할 수 없게 되고, 같은 부위의 장비를 새로 조합하면 오래된 장비가 사라져버리는 단점도 있다. 강화된 장비를 재활용할 수는 없다.

"이번에 제라르용으로 만든 건 대검이야. 지금 쓰는 검과 똑같이 만들었으니까 새것치고는 쓰기 쉬울 거야."

"호오, 장식도 똑같구먼. 완전히 같은 대검으로 보인다."

"세라와 마찬가지로 실제로 시험해봐. 그렇게 보여도 엄연한 S급 무기라고."

…마검 다인슬레이브. 클로토의 '보관'에 있는 가장 강력한 저주의 무기를 선택해서 최상급 백마법으로 정화한 뒤 제어할 수 있게 만들어 새로 벼린 대검이다. 저주를 풀기 전에는 도검에 혈관 같은 붉은 줄기가 기어 다니며 고동치고 있었는데, 현재는 깨끗하게 사라졌다. 오히려 칠흑의 대검은 눈이 부실 정도로 맑아 아름답게 느껴질 정도다.

"어? 켈빈이랑 에필의 장비는?"

"내 건 새 로브와 방어용 팔 방호구야. 에필은 활이랑… 뭐, 전투

때 보게 될 테니 기대해."

"뭐야?!"

세라가 야유를 해대지만 신경 쓰지 않는다. 빨리 만드느라고 연일 밤샘을 했다. 최소한의 설명은 마쳤으니 나는 이제 잘 거다.

"함께하겠습니다…."

에필도 마찬가지다.

"음…. 그럼 나도… 어, 두고 가지 마~!"

달려가는 세라. 공방에는 제라르와 클로토가 남았다.

"클로토, 공주님의 라이벌은 생각보다 많을지도 모르겠구나."

클로토는 몸을 약간 흔들었다.

…덜컹덜컹덜컹.

마차 바퀴 소리를 들으며 가져온 책을 읽는다. 옆에는 에필이 오도카니 앉아 열심히 문자를 읽어보려 하고 있다.

"나리는 마차 안에서 책을 읽어도 어지럽거나 하지 않으십니까요?"

"여행에 익숙해서요. 이 정도 마차 진동은 아무렇지도 않아요."

"호오~, 역시 모험자다우시군요."

마부가 말을 걸었다. 나나 에필이나 문자를 읽는 것 정도로 마차 멀미를 하지는 않는다. 전투 때에는 더 격렬하게 움직이니까.

"주인님, 이 부분은?"

"아까 그 읽는 방식을 응용하면 돼."

우리는 지금 마차로 파즈에서 수국(水國) 트라지를 향해 가고 있다. 왜 트라지인가 하면, 내가 쌀에 굶주려 있기 때문이다. 현대에서 일본을 떠난 적이 없는 사람은 모를지도 모르지만, 장기간 다른 나라 요리를 먹으면 어느 날부터 흰쌀밥이 먹고 싶어진다. 이 세계에 환생한 지 몇 개월이 지났으니, 나는 거의 한계였다. 전부터 쌀 같은 음식이 있다는 트라지에 한 번 가보고 싶었다. 길드장인 리오도 어째서인지 쉽게 허가해주어 이 기회에 트라지에 가볼 생각이다.

이동 시간을 쓸데없이 낭비하지 않기 위해 지금 에필에게 문자를 가르치고 있다. 전투와 생활 면에서 에필은 폭넓게 성장했지만 글자를 읽고 쓰는 등 학습 면으로도 공부 중이다.

"켈빈! 강이야, 강이 흘러!"

"낚시라도 하고 싶어?"

"낚시가 뭐야?"

"…트라지에 도착하면 해볼까."

사라는 마차 짐받이에서 얼굴을 내밀고서 풍경을 즐기고 있다. 아까부터 뭘 보든 꺄꺄 소란을 피운다.

쌀 탐색과는 별개로 트라지로 향하는 이유는 하나 더 있다. 빅토르와 약속한 대로 세라에게 세계를 보여주기 위해서다. 세상 물정모르고 곱게 자란 이 아가씨는 낚시조차 모르고 아무 특별할 것 없는 이 풍경까지 즐긴다. 이 여행으로 배우는 것도, 느끼는 것도 많을 것이다.

『세라는 기운이 좋구먼..』

제라르는 마차 이동이 거북한지 파즈를 출발할 때 내 마력으로 돌아가버렸다. 실체화하면 허리에 부담이 간다고 한다. 갑옷 안이 영체인 상태로 있으면 문제가 없지만, 지금은 오랜만에 살아 있는 몸이 된 기분을 즐기는 것 같다.

"그러고 보니 켈빈, 조금 궁금했는데."

"뭐지?"

마차가 나무들이 자라는 좁은 길로 들어섰을 때, 사라가 이쪽을 돌아본다.

"아까부터 숨어서 우리를 감시하는 녀석이 있는데?"

"그래, 있군."

"뭐, 뭡니까, 나리. 놀라게 하지 마세요…."

마부가 쓴웃음을 지었지만 내 기척 감지에도 반응이 있었다. 어느 정도 거리를 벌린 채로, 마차를 둘러싸듯 열두 명이 맵 위에 드문드문 있었다. 개중에는 고도의 은폐 스킬을 사용한 사람도 있다.

"거짓말이 아냐. 아이 참, 정신이 흐트러져 집중이 안 되잖아!"

세라는 감지 계열 스킬을 나보다 폭넓게 습득했다. 아마 팔불출 인 마왕 구스타프가 호신용으로 익히게 한 것이리라.

"서, 설마 도적입니까?!"

"글쎄요. 이 주위에는 도적이 나타난다는 소문도 있으니까요."

"나, 나리, 이런 상황에서도 책을 읽으십니까…. 그쪽 메이드 분도 담력이 대단하구만요…."

도적이 나와봤자 새삼스럽게 걱정할 차원이 아니기도 하고. 굳이 말하자면 위기감이 적어진 게 더 문제라고나 할까. 나와 에필은 다시 공부를 시작했지만 세라와 마찬가지로 조금 신경이 쓰였다.

"저기~ 저기~ 켈빈~."

"알았다니까. 움직이기 시작했네."

길가에서 검은 옷을 입은 여섯 명이 마차 앞에 모습을 드러냈다. 남은 여섯 명은 모습을 감춘 채로 뒤쪽에서 대기하고 있었다. 우리를 놓아줄 생각은 없는 모양이군.

"거기 마차, 멈춰!"

들려온 소리는 의외로 여자 목소리. 여섯 명은 각각 손에 무기를 들고 있다.

"오, 오오?! 헤헷, 누님, 최고의 미녀가 둘이나 있네요!"

"어디어디… 호오, 이건 비싸게 팔리겠군. 두목도 좋아하겠어."

여자와 그 부하로 보이는 남자는 우리, 아니, 에필과 세라의 값을 매기고 있는 것 같다. 그 왕자 때에도 그랬는데, 또 이 패턴이냐.

"너, 너희는 누구냐?! 모험자가 탄 마차라는 걸 알고 행패냐!"

마부가 거친 목소리로 외쳤지만 부하 다섯 명은 배를 움켜잡고 웃었다.

"하하하! 모험자라고? 알아. 너희들, 파즈에서 왔잖아. 최고라고 해봤자 C급 모험자밖에 없는 그 제일 약한 모험자 길드에서!"

"우리는 울던 아이도 울음을 뚝 그치는 '흑풍(黑風)'이라고. C급 모험자 따위에 겁을 먹을 리가 있겠냐."

우리를 C급 모험자 이하로 착각한 모양이다. 적어도 C급 모험자 세 명을 이길 자신은 있나 보군. 그나저나 꽤 일찍부터 이 마차를 점찍어둔 것 같은데.

"흑풍이라고?! 모험자에게 괴멸한 도적단일 텐데…?!"

마부 아저씨는 아는가 보네.

"나리, 조심하십쇼. 흑풍은 1년 전에 유명해진 도적단입니다. C

급 모험자도 상대하기 어려운 병사들이 줄줄이 있다고 들었습죠. 하지만 옛날에 A급 모험자 파티에게 토벌을 당했다고 들은 기억이 있는데….”

“…뭔가 냄새가 나는군.”

“네? 뭐가 말입니까요?”

“아뇨, 신경 쓰지 마세요. 그보다 현 상황을 타개해야겠네요.”

이미 감정안으로 여섯 명의 스테이터스는 보았다. 어떻게 할까.

“케케케, 저 녀석들, 우리 이름을 듣고서 떨고 있는데요?”

“누님, 팔기 전에 우리도 즐기게 해주세요.”

“너희들, 수다는 그쯤 해둬. 상을 받고 싶으면 행동으로 보여봐.”

여전히 비열한 대화를 나누는 부하들을 리더로 보이는 여자가 질책한다.

“우리 흑풍의 표적이 되다니 너희도 운이 없군. 뭐, 그래도 모험자라면 저항해줘. 안 그러면 재미가 없거든? 자, 너희들. 짐은 빼앗아! 여자는 붙잡아! 남자는 죽여버려!”

앞쪽에서 다섯 부하가 달려왔다. 뒤의 여섯 명은 아직 숨은 채 움직이지 않는다.

“세라, 부족하겠지만 저 녀석들을 상대해주지 않겠어?”

“괜찮긴 한데, 죽여도 돼?”

“세상에는 괴멸했다고 알려져 있으니 상금이 있을지는 모르겠지만…. 어느 모로 보나 나쁜 놈들이야. 죽여도 문제없잖아? 하지만 정보도 필요해. 일단 저 여자는 살려서 잡아줘.”

“알았어. 오랜만에 전투를 하게 되니 주먹이 우는걸!”

세라는 양팔에 낀 아론다이트를 맞부딪쳐 듣기 좋은 금속음을 울리며 기합을 넣는다. 하지만 이쯤에서 좀 말리도록 하자.

"아론다이트 사용은 금지야. 맨손으로 해."

"뭐어?! 왜?!"

"그렇지 않아도 실력 차이가 있잖아. 일반인이랑 별로 다르지도 않은 인간을 상대로 아론다이트를 쓰면 상당히 끔찍한 상황이 벌어질걸…."

"으으, 알았다고."

초장부터 제지를 당한 세라는 불만스러워 보인다. 빨리 장비를 시험해보고 싶은 기분은 이해하지만.

"하아, 의욕이 떨어졌지만 어쩔 수 없으니 내가 상대해주지."

마차 짐받이에서 앞으로 뛰어내린 세라는 나른하게 내뱉는다.

"뭐야? 우리와 혼자 싸우겠다는 거냐?!"

"햐햐! 아가씨, 좋은 거 하자고~!"

도적들은 눈앞에 나타난 미녀를 표적으로 앞을 다투어 달려들었다. 팀워크고 뭐고 없구만.

"거절하겠어."

눈 깜짝할 사이에 도적의 눈앞까지 접근한 세라가 날린 것은 보디블로. 맞은 상대는 아까부터 비열한 말을 내뱉던 도적이다. 주먹이 몸에 깊이 박혀 뚝뚝 부서지는 소리를 낸다. 그것이 인체 내부를 파괴하고 있다는 것을 쉽게 상상할 수 있을 정도다. 도적은 그대로 허공에 떠서 몇 미터 뒤로 날아가버렸다. 아, 머리부터 떨어졌네.

"어머? 꽤 힘 조절을 했는데, 이래도 부족했어?"

『즉사로구먼.』

이렇게까지 역량 차이가 있었나. 도적들은 세라의 움직임을 전혀 따라가지 못했다. 제대로 보고 있는지조차 의심스러울 정도다.

"뭐?"

상황을 받아들이지 못하고 넋이 나간 도적. 세라의 불만스럽던 얼굴이 거짓말처럼 밝아졌다.

"왜 그래? 조금 전까지 즐거운 표정이었잖아. 빨리 나랑 놀자고. 음… 산들바람 도적단이라고 했나?"

아아, 얘도 참, 완전 사디스트라니까.

"그쪽 여섯 명도~."

세라는 숨어 있는 도적에게 가볍게 눈짓한다. 내가 장소를 가르쳐줄 필요도 없을 것 같다.

"주인님, 이 문법은 틀리지 않았나요?"

"아, 틀렸네…. 이게 맞아."

나는 에필과 공부에 전념하도록 하자.

◇　　　◇　　　◇

대체 이건 무슨 장난이지?

내 앞에 펼쳐진 광경은 압도적 강자의 유린이었다. 바로 조금 전까지 딱 좋은 사냥감으로만 보이던 이상한 차림새의 여자 한 명이 내 부하들을 때려눕히고 있다.

처음에 죽은 것은 엔스였다. 마차 앞에 있던 그 여자는 달려가던 엔스의 눈앞에 한순간에 나타나서 배에 한 방을 먹였다. 가냘픈 체구를 볼 때에는 상상할 수도 없을 정도의 일격. 뼈가 부러지고 내장이 으깨지는 끔찍한 소리를 들었다. 그대로 엔스의 몸은 내 눈앞으로 날아와, 그때까지 살아 있던 부하의 죽은 얼굴을 바로 앞에서 보게 되었다.

"어?"

넋이 나간 것은 부하들도 마찬가지였던 것 같다. 의기양양하게 사냥감에 달려들던 부하들의 걸음이 멈춘다.

"어머? 꽤 힘 조절을 했는데, 이래도 부족했어?"

힘 조절을 했다고…?!

내 부하는 결코 약하지 않다. 오히려 웬만한 모험자보다 실력은 나은 편이다. 모두 레벨 25 이상이고, 연계하면 파즈에서 제일가는 모험자인 올드의 파티에도 뒤지지 않는다. 그 부하를 상대로 힘 조절을 했다는 말을 내뱉을 수 있는 것은 A급, 혹은 S급 모험자 정도다.

"왜 그래? 조금 전까지 즐거운 표정이었잖아. 빨리 나랑 놀자고. 음… 산들바람 도적단이라고 했나?"

여자는 같은 여자인 내가 보아도 홀딱 반할 정도의 미모로 수상쩍게 웃으며 유혹한다. 완전히 얕보는 것도 모자라 이름을 일부러 틀리기까지 하면서.

"이, 이 자식…. 너희들, 그렇게 넋 놓고 있지 마! 잡으라는 말은 취소야. 저 여자는 처치한다!"

멍한 부하들이 정신을 차리도록 외치고 공격 지시를 내린다. 지금 생각하면 이게 실수였다. 성질이 급한 나는 도발에 도발로 응대해버렸다. 엔스를 공격하는 걸 보고서 실력 차를 알아차리고 뿔뿔이 흩어져 도주하면 좋았을 것이다. 그랬더라면 저 여자도 보내줬을지도 모른다. 뒤에 숨어 있는 부하들과 합류할 수 있었을지도 모른다. 하지만 이미 늦었다.


"그… 도…."

여자는 뒤를 흘끗 보고 뭔가 말했다. 그것을 빈틈으로 생각한 도일과 폰드가 다시 달려간다. 두 사람이 장비한 것은 단검. 흑풍 내부에서도 민첩하기로 유명한 두 명의 기습 콤비네이션 공격이 작렬한다.

"어머?"

여자가 도일과 폰드를 알아차렸을 때에는 단검이 목과 심장을 포착하기 직전이었다.

'처치했어!'

두 사람은 속으로 그렇게 생각했을 것이다. 나도 같은 의견이었기 때문이다. 단, 다음 순간을 보기 전까지 그랬다는 거지만.

…우적.

폰드는 오른팔에 감각이 없는 것에 위화감을 느꼈다. 평소대로라면 피부를 도려내는 감촉을 느껴야 할 것이다. 그런데 아무 느낌이 없다. 늘 다뤄온 포이즌 대거의 감촉조차도….

"헤~, 잘 손질한 좋은 단검이잖아. 뭐, 도적이 가진 것치고는 말이지만."

그 목소리를 듣고 문득 위를 올려다보자 그 여자가 내 포이즌 대거를 가볍게 들어 올려 품평하고 있었다. 이 여자는 왜 살아 있지?

나와 도일의 공격에 목과 심장이 찢어졌을 텐데!

하지만 나는 알아차리고 말았다. 콤비를 맺었던 도일의 팔이 꺾이고 목이 이상한 방향으로 돌아가 있다는 것을. 그리고 아마 나도 같은 상태이리라는 것을.

'대체 무슨 일이 일어난 거지…?'

폰드의 의문에 대답할 수 있는 사람은 없었고, 그의 의식은 영원한 어둠 속으로 잠겼다.

도일과 폰드가 당했다. 어떻게? 그건 나도 모른다. 여자를 베어 죽였다고 확신했는데, 반대로 두 사람이 쓰러졌다. 팔과 목이 부러졌다. 그 순간 두 사람을 동시에 두 번이나 공격했다는 건가. 여자의 손에는 두 명이 가지고 있던 단검이 있다. 그걸 보니 두 명은 자신이 공격받았다는 것조차 모를지도 모른다. 언제 단검을 빼앗고, 언제 두 명의 팔을, 목을 비틀었는지… 아무것도 모르겠다.

하지만 곧바로 공격한 사람이 있다. 도일과 폰드의 뒤를 이어 공격한 것은 거한(巨漢) 기르다였다. 강철제 큰 망치를 한 손에 들고 휘두르는 힘센 녀석이다. 거한이면서 도일과 폰드를 따라갈 정도의 신속함까지 겸비한 유능한 전투원이다.

여자가 단검에 신경이 쏠린 틈에 습격, 큰 망치를 힘껏 머리 위에서 내려친다. 그 일격은 갑옷조차 분쇄해버릴 정도고, 방패로 방어할 수도 없다.

"이번에는 힘겨루기야?"

그런 위력을 자랑하던 큰 망치가 가로막혔다. 여자의 가느다란 한 팔에.

"좋아, 상대해줄게."

여자는 땀 한 방울 흘리지 않고 시원시원하게 말한다.

"으으으아아아악!"

기르다는 포효하며, 탄탄하고 두꺼운 팔에 혈관이 솟아오를 정도로 힘을 주어 큰 망치를 내리치려고 했다. 하지만 큰 망치는 꿈쩍도 하지 않았다.

"말도 안 돼… 기르다의 근력은 200이 넘는다고?!"

자기도 모르게 소리를 내서 말해버렸다.

"그래? 음… 200 정도면 고작 이 수준인가."

그게 들렸는지 여자는 흥미를 잃은 것처럼 중얼거렸다.

"슬슬 내 쪽에서 갈게."

그렇게 말한 것과 동시에 큰 망치에 균열이 생겨난다. 균열은 지지직 소리를 내며 확대되고, 다음 찰나에 큰 망치는 가루가 되어 부서져버렸다. 남은 것은 오른팔을 앞으로 들어 올린 여자와, 파괴되고 남은 큰 망치의 자루를 든 기르다의 모습. 곧 기르다도 자루를 손에서 떨어트리고 거대한 몸을 무너트렸다. 벌렁 나자빠진 기르다의 가슴은 크게 함몰한 상태다.

이런 말도 안 되는 상황을 누가 예측할 수 있을까. 눈 깜짝할 사이에 부하가 네 명이나 죽었다. 이 자리에 남은 것은 나와 마지막 부하인 유로뿐.

"너, 너는 뭐지…?!"

"…음, 파즈에서 온 모험자인데?"

"왜 의문형으로 말하는 거야! 까불기는…."

이렇게 되었으니 마지막 수단을 써야겠다. 마차째로 날아가 재가 되어버릴지도 모르지만, 그런 걸 신경 쓰고 있을 상황이 아니다. 후방 부대에 신호를 보낸다.

"그렇게 여유로운 얼굴도 끝이야!"

뒤에 대기한 여섯 명은 모두 마법사. 다루는 마법은 최고의 섬멸력을 자랑하는 적마법이다. 앞으로 C급 적마법을 폭풍처럼 쏟아부을 것이다. 모처럼 만난 특등품을 잃기는 아깝지만 이쪽도 부하가 죽었다. 원수는 갚아야만 한다.

"해치워버려!"

팔을 휘둘러 총공격 개시 신호를 보낸다!

"……."

"…아직 멀었어?"

"어, 어라?"

이상하다. 몇 번이고 신호를 보내도 마법이 날아오지 않는다. 설마, 나를 두고 도망쳤나?!

"어떻게 된 걸까? 에필은 알아?"

여자는 마차에 있는 동료에게 묻는다. 거기에는 마차 짐받이에 올라간 메이드가 활을 들고 조용히 서 있었다.

"글쎄요, 저는 모르겠습니다."

메이드는 활을 집어넣으며 담담하게 대답했다.

"흐흥, 어쩐지 봉인 전보다 상태가 좋은 것 같아. 소환술의 마력 공급으로 강화가 되면 이런 거로군."

처음에 세라는 내키지 않는 것 같았지만, 마음껏 날뛴 덕분인지 지금은 만족스러워 보였다.

『호오, 제법이군. 한 번 대련을 부탁하고 싶구먼.』

제라르도 감탄하고 있다. 솔직히 말하면, 지금까지 히키코모리 아가씨였던 세라가 전투를 해낼 수 있을지 나도 걱정스러웠다. 하지만 아무런 문제가 없는 것 같다. 이것도 마왕이 영재 교육을 한 성과일까? 제라르와도 좋은 승부를 할지도 모르겠는걸.

"이봐, 이봐. 너무 무리하지 마."

"별로 무리하지 않았는데?"

마차에서 내려 다가간 나를 보고 세라가 고개를 갸웃거린다.

"너 말고. 뒤에 여섯 명이 있는 걸 알고 있었잖아?"

나는 마차 뒤로 엄지를 향하며 한숨을 흘리고 대답한다.

"별로 상관없잖아? 켈빈과 에필이라면 웬만한 상대가 마법이나 화살을 날려도 괜찮잖아."

마부 아저씨도 있거든….

"까, 깜짝 놀랐네. 흑풍 일당을 어린애 취급하다니…!"

"아!"

그 아저씨가 슬슬 마차에서 내렸다. 그 모습을 본 세라는 그제야 아저씨가 있었다는 것을 깨닫는다.

"뭐, 음, 에필이 대치헤졌으니 다 잘된 거잖아."

"핑계 한번 잘 대는군."

확실히 뒤쪽 녀석들은 에필이 활로 전부 처리했지만, 그건 변명이 못 되잖아…. 뭐, 됐다. 조급해하는 세라는 일단 내버려두고 밧줄로 묶은 도적 쪽을 보았다.

"그나저나, 괴멸했다는 도적단 '흑풍'이 왜 다시 활동을 시작한 거지?"

"''…….''"

입을 다물기로 했나. 살아남은 여도적과 그 부하는 묵비권을 행사하고 있다.

"나리, 이 녀석들은 트라지에 넘깁시다. 이렇게 대담하게 행동하고 있잖아요. 아마 새로 상금이 걸려 수배서가 나돌고 있을 거라고요."

"그것도 좋지만 정보를 조금 더 얻어내고 싶네요."

그 말을 들은 여도적이 비웃는다. 실력 행사에 나서기 전에 말해 줬으면 좋겠는데.

"흥! 누가 너희들 따위에게…."

"이름은 카르나와 유로, 레벨은 31과 26. 도적치고는 레벨이 높네. 그냥 모험자 노릇이나 했으면 그럭저럭 돈도 벌었을 텐데."

"너, 너 이 자식… '감정안'을 가지고 있나!"

정답, 내 감정안으로 그녀들의 스테이터스를 폭로한다. 일단 그럭저럭 등급이 높은 은폐 스킬을 가지고 있는 것 같지만, S급 앞에서는 의미가 없다. 양해를 구하지 않고 본인 앞에서 스테이터스를 폭로하는 행위는 이 세계에서는 모욕에 해당한다.

"이왕 이렇게 된 것, 네 나이부터 갖고 있는 스킬까지 말해줄까?"

"누, 누님…."

"흐, 흥! 마음대로 하라고!"

여도적이 고개를 돌린다. 꽤 고집이 세군.

"켈빈, 귀찮으니까 내 흑마법을 쓰자고."

"응? 좋은 마법이 있어?"

세라가 의외의 제안을 했다. 심문용 마법인가?

"이래 봬도 마법은 빅토르보다 잘했다고!"

"그, 그래. 그럼 맡길게."

의기양양한 얼굴로 자신만만하게 말하는 세라. 그렇게까지 말한다면 맡겨보자 싶었지만, 조금 불안하다.

"흑마법은 스피드가 느린 마법이 많지만, 난 직업이 주권사잖아. 주먹에 마법을 실어 상대를 때리는 거야. 그렇게 하면 확실히 마법이 닿는 거지. 뭐, 지금은 밧줄로 묶여 있으니까 그럴 필요도 없지만."

세라는 생글생글 웃으며 부하의 머리에 손을 얹는다. 동료가 쓰러질 때의 기억이 되살아났는지 부하는 바들바들 떨고 있다. 바로 조금 전까지 도적들을 마구 분쇄한 주먹이 머리를 붙잡고 있으니 당연하다.

"그런데 무슨 마법을 쓸 거야?"

"흐음, 온몸에서 피가 나오는 마법은 어때?"

"심문하기 전에 죽잖아!"

맡길 사람을 잘못 골랐는지도 모른다…. 부하가 울기 시작했다.

"농담이야, 농담. 블리드[出血] 마법은 그렇게 단숨에 피가 나오지는 않아. 게다가 입이 제법 무거운 것 같으니까. 히프노시스(덧없는 꿈)를 쓰도록 하지."

세라의 주먹에서 검은 마력이 흘러나온다. 빅토르와 싸울 때 본 그 검은 마력이다. 응? 그렇다면….

"저기, 혹시 빅토르도 흑마법을 썼어?"

"무슨 소리야? 빅토르도 나랑 같은 주권사잖아. 당연히 마구마구 썼지. 실제로 싸운 켈빈 일행이라면 당연히 알겠지만, 나와 똑같이 주먹에 마법을 싣는 전술을 써."

우와… 그 검은 마력으로 덮인 주먹이 닿았다면 아웃이었겠네. 기적적으로 아무도 직접 맞지 않았기에 그런 마법을 쓴 줄 몰랐다. 세라가 가진 마력 감지 스킬이 있었다면 반응했을지도 모르지만.

"그게 왜?"

세라가 다시 고개를 갸웃거린다.

"아니, 아무것도 아니야. 그런데 히프노시스라는 건 어떤 마법이지?"

"정신을 몽롱하게 만드는 마법이야. 일종의 최면술에 가깝다고나 할까? 전투할 때에는 고작 상대의 정신을 잠깐 잃게 만드는 정도지만, 이 상태에서 마법을 계속 보내면…."

그 순간 부하의 몸에서 힘이 쫙 빠진다. 아무래도 최면 상태에 들어간 것 같다.

"이런 식으로 심문용 마법으로 돌변하는 거지. 자, 뭐든지 물어봐!"

오오! 처음에는 의심스러웠는데, 세라는 마음만 먹으면 할 수 있는 아이였군. 오빠가 의심해서 미안하구나.

"이봐! 유로, 일어나! 네가 그러고도 흑풍의 일원이냐!"

여도적이 부하를 깨우려고 소리를 지른다. 그래도 세라는 여유롭다.

"입도 막을까요?"

"괜찮아, 에필. 그렇게 큰 소리를 질러도 이 상태가 되면 내 히프노시스는 풀리지 않아."

"큭⋯."

이를 악문 여도적은 우리를 죽일 듯이 노려보았다. 지금 그녀가 할 수 있는 최후의 발버둥이 그것뿐이지만.


"그럼 다시 질문을 시작할까."

우리 일행은 다시 여행을 시작해서 마침내 트라지에 도착했다. 수국이라고 불리는 만큼 도시는 바다와 마주 보는 구조였고, 커다란 목조 배가 항구에 많이 정박해 있다. 건물이 약간 일본식으로 느껴지는 것은 이 도시를 세운 시조인 트라지가 이세계 환생자였기 때문이리라. 도시를 걸어 다니는 사람들의 옷도 기모노를 흉내 낸 것 같아서 어쩐지 그립다. 어쩌면 본명이 일본어로 토라지(虎次)였는지도 모르겠군.

"우아, 한 면이 다 물이야! 이게 바다구나!"

"아름다워요…."

광대한 바다를 처음 본 두 사람은 들떴다. 나도 이렇게 새파랗고 아름다운 바다를 보는 건 처음이다.

이 정도 바다는 잡지나 TV에서 소개되는 외국 관광지에서밖에 볼 수 없으니까. 세라는 군복을 사복으로 갈아입고 완전히 여행 온 기분을 내고 있다.

"여러분은 트라지에 오는 게 처음입니까요? 저도 처음에는 놀랐습죠."

"네, 정말 멋지네요."

마차에 실린 짐만 없으면 당장이라도 해수욕을 하고 싶지만, 그럴 수도 없다. 여행 도중에 잡은 도적단 '흑풍'의 두 명을 길드로 데려가야만 하기 때문이다. 그 후 여도적과 그 부하 두 명을 심문한 결과 세라의 히프노시스로 정보를 얻어냈다. 지금은 둘 다 마차 안에서 푹 잠들어 있다.

얻어낸 정보는 이렇다. 우선 흑풍은 부활했다. 아니, 괴멸한 척을 하고 있었다고 말하는 게 옳을까. 흑풍을 쓰러트렸다는 A급 모험자 파티가 도적의 두목이 된 것이다.

흑풍의 리더였던 남자는 분명히 이 모험자들에게 패배해서 목이 길드에 제출됨으로써 세상에는 흑풍이 해체되었다고 공표되었다. 하지만 실제로 그때 전투에서 잃은 단원을 빼고 대부분의 흑풍 멤버는 살아남았다. 그 생존자를 뒤에서 조종해서 이번에 우리를 습격하게 한 흑막이 그 A급 모험자라는 것이다. 유감스럽지만 이름까지는 캐내지 못했다. 부하가 된 흑풍 일당에게도 신분을 밝히지 않은 것 같다. 본거지도 매번 장소를 바꾸어 딱 정해져 있지 않다. 하지만 A급 모험자는 그리 흔치 않으니 바로 판명될 것 같은데. 그건 길드에서 확인해보자.

두 번째로 현재 흑풍은 주요 활동으로 납치를 하고 있다는 것이 판명되었다. 에필과 세라를 노린 것도 그 일환인 것 같다. 여도적 카르나 등 흑풍 간부를 실질적 행동 부대로 세우고 각지에서 비슷한 짓을 하고 있는 것 같다. 또 흑풍 자체가 레벨이 높은 집단이기 때문에 일반 모험자가 호위할 경우 제대로 대응하지 못했고, 공들여 증거를 은폐함으로써 길드나 주변 국가들에 존재가 알려지는 것을 막고 있었다. 모험자까지 대상으로 삼아 납치해서 노예로 판다. 이 모두가 새로 두목이 된 A급 모험자의 지시라고 한다.

"저기, 빨리 이 녀석들을 넘겨버리자. 더 가까운 곳에서 바다를 보고 싶어. 그리고 낚시하고 싶어!"

이런, 세라가 참지 못하고 재촉했다. 에필은 입을 다물고 있지만 흔치 않게 들떠 있다. 속마음은 세라와 같을 것이다.

"그래. 냉큼 길드로 향하도록 할까."

"그럼 안내합죠. 이쪽입니다."

아저씨의 안내를 따라 트라지의 모험자 길드로 향했다.

…트라지 모험자 길드 접수 카운터.

"흐, 흑풍?! 그게 확실한 정보입니까?!"

"제가 보증합죠. 마차가 습격당했는데 이 모험자님이 구해주셨습니다요."

길드 접수에서 흑풍을 넘기고 지금까지의 경위를 설명했다. 마부 아저씨도 같이 있어준 덕분에 막힘없이 진행될 것 같다.

"음, 파즈 지부 출신이시군요. 실례지만 길드증을 보여주시겠습니까?"

나는 금빛으로 반짝이는 길드증을 제시했다. 길드증은 모험자 랭크에 따라 색이 다르다. F급은 파란색, E급은 빨간색이라는 식이다. 거기서 랭크가 올라감에 따라 녹색, 동색, 은색, 금색으로 바뀐다. A급인 나는 금색이다.

"A, A급 모험자셨습니까?! 대단히 실례했습니다!"

"어쩐지 강하다 했더니, A급 모험자님이셨구만요…."

"그래, 그러니까 그에 걸맞게 대하라고."

세라, 왜 네가 자랑스러워하냐.

"아뇨, 별로 신경 쓰지 않아도 됩니다. 그보다…."

심문으로 얻은 흑풍에 대한 정보를 전달했다. 모험자 길드는 각국에 지부를 두고 있다. 여기서 전달한 정보는 바로 각지로 전달될 것이다. 이렇게 함으로써 납치를 조금이라도 막을 수 있으면 좋을 텐데….

"이전 흑풍을 토벌한 모험자가 어디 있는지는 알 수 없을까요? 아마 그분이 주범일 텐데요."

에필이 묻는다.

"죄송합니다. 이 건은 저 혼자서는 판단할 수 없어서, 윗사람을 불러오겠습니다. 이쪽 객실로 오시길."

접수 담당의 안내를 받은 우리는 방으로 들어간다. 몇 분 기다린 끝에….

…달칵.

문을 연 것은 묘령의 여성이었다. 내가 의자에서 일어나자 세라도 황급히 일어난다. 에필은 이미 내 뒤에서 대기하고 있었다.

"처음 뵙겠습니다. 트라지국 길드 지부, 길드장 미스트입니다."

"처음 뵙겠습니다. 모험자 켈빈입니다."

악수를 나눈 후에 미스트라고 하는 이 여성과 테이블에 마주 앉았다.

"리오에게서 이야기는 많이 들었습니다. 후후, 요즘 그는 당신들에 대한 이야기만 해요. 리오가 그렇게 푹 빠지는 건 대단히 드문일입니다."

리오와 미스트 씨는 교류가 있는 모양이다.

"리오 길드장에게는 신세를 많이 지고 있습니다. 그나저나 의외네요. 제 앞에서는 그런 티는 전혀 내지 않는데."

"그는 비뚤어진 데가 있으니까요. 표현은 안 하지만 사실은 꽤 높게 평가하고 있어요."

"그랬으면 좋겠지만요."

그나저나 그 리오가 나를? 리오가 쳐놓은 함정에 빠진 적도 많아서 복잡한 마음이다.

"리오에게 휘둘릴 때도 많지요? 그 사람, 옛날부터 그래요."

"두 분은 언제부터 알고 지내셨나요?"

"벌써 20년 전이네요. 저와 리오는 같은 파티 모험자였습니다. 리오는 '해석자'라는 별명으로 불렸죠. 남의 스테이터스를 툭하면 엿봐서 붙은 별명이지만."

"하하하, 저도 당했어요."

담소가 얼마간 이어진 뒤, 드디어 본론으로 들어간다.

"그나저나, 흑풍 말인데요…."

"네, 켈빈 씨가 입수하신 정보는 접수 담당자에게서 들었습니다. A급 모험자의 정보 제공, 실행범 체포, 나아가 증언자인 루드 씨도 마부로서 그 방면의 명수지요. 길드도 매번 신세를 지고 있으니 신빙성이 높은 것으로 판단하고 각지 길드 지부에 전달할 계획입니다."

아저씨, 아니, 루드 씨도 사실은 이름이 알려진 사람이었나. "별로 대단한 일은 한 적이 없지만요" 하고 루드 씨가 부끄러워하며 머리를 긁는다. 미스트 씨도 업무 진행이 빠르다.

"그리고, 흑풍을 토벌한 모험자와 그 파티는…."

미스트 씨가 한 박자 쉬고 말한다.

"현재 이 트라지에 체재하고 있습니다."

◇　　◇　　◇

"트라지에 있다면 당장이라도 수배를⋯."
에필이 말을 마치기 전에 미스트 씨가 고개를 가로저었다.
"사정이 있어서 그렇게 간단하지 않아요."
"무슨 소리죠?"
미스트 씨는 천천히 일어나서 방 책장에서 책 한 권을 꺼냈다.
그리고 팔락팔락 페이지를 넘긴다.
"흑풍이 토벌된 건 지금으로부터 딱 1년 전이고, 이건 그때 어떤
보도 기관이 낸 기사입니다."
테이블 위에 펼쳐진 책이 놓였다. 책을 손에 들고 우리 세 명은
그 페이지를 보았다. 거기에는 잘라낸 기사가 몇 개 붙어 있었다.
스크랩북 같은 것일까.
"이 기사를 보세요."
"어디, 잠시만요⋯."

◆──A급 모험자 크리스토프 일행, 도적단 '흑풍'을 습격!──◆

오늘 우리 영광스러운 트라이센 왕, 젤 님께서 몹시 기쁜 발표를 하
셨습니다. 최근 세상을 떠들썩하게 만들던 대도적단 '흑풍'이 트라이센

출신 A급 모험자인 크리스토프 씨가 이끄는 파티에 쓰러졌다고 합니다. 흑풍은 각국에서 살인, 강도질을 일삼아 국제적으로 지명 수배되었지만 그 소재를 파악한 사람은 없습니다. 단원 각각의 능력이 뛰어나 기사단도 섣불리 손을 댈 수 없어, '보이지 않는 도적단'이라고 불렸을 정도. 우리 트라이센령의 어느 마을도 얼마 전 피해를 입었던 것은 여러분도 생생히 기억하실 겁니다. 그런 현 상황에 떨치고 나선 크리스토프 씨. 독자적인 조사 아래 흑풍 두령이 있는 장소를 찾아내 처치하는 데 성공한 것입니다. 젤 님은 이 위업을 기려 크리스토프 씨에게 트라이센 영예 훈장을 수여하기로 결정하셨습니다. 이제 크리스토프 씨는 명실공히 트라이센의 영웅이 된 것입니다. 위대한 새 영웅이 앞으로 어떻게 활약할지도 주목하세요.

◆━━━━━━━━━━━━━━━━━━━━◆

"…그렇군."

"당신이 찾고 있는 모험자는 크리스토프일 겁니다. 기사대로 현재는 트라이센의 영웅으로 칭송받고 있습니다. 섣불리 손을 대면 트라지와 트라이센 사이의 국제 문제로 발전할 우려가 있습니다."

모험자 길드도 다루기 어려운 인물이라는 건가. 그나저나 트라이센, 정말로 민폐스러운 나라다. 적어도 나한테는.

"하지만 이 정도로 증거가 많은데? 그런데도 어느 나라 영웅이니 단념하라는 거야?!"

"그건…."

"세라, 진정해. 미스트 씨의 말은 준비할 필요가 있다는 거야."

흥분한 세라를 달래느라 한 말이지만, 준비에 시간이 걸리는 것도 사실이다. 국가 간의 문제가 얽힌 이 일을 해결하려면 상당한 기간이 필요할 것이다. 뭔가 우리 쪽의 정당성을 드러낼 절대적인 것이 있다면….

"…음?"

지금, 뭔가….

"주인님, 왜 그러세요?"

"아니, 아무것도 아니야. 이야기를 계속하죠."

이게 아무것도 아닐 리가 없지. 이 반응은….

『세라.』

『응? 이쪽에서 얘기하자고? 비밀 이야기야?』

부하들만 참가할 수 있는 부하 네트워크를 이용해 고속 대화로 전환한다.

『네 기척 감지 스킬에 4인조 거물이 잡히지 않아?』

『음… 도시 입구에 나름대로 큰 기척이 느껴져. 이 정도면 레벨 50 전후쯤 될까.』

『역시….』

이런 우연도 일어나긴 하는군. 그렇다면 나는 운이 좋다.

『그 4인조가 무슨 상관이냐?』

『상황을 잘 이해할 수가 없는데요….』

나는 부하 네트워크에 어떤 스테이터스를 표시한다.

『이미 이 4인조는 용사일 기야.』

『ㅠㅠ……!ㅠ』

전에 메르피나가 델라미스로 향해서 무녀에게 신탁을 내렸을 때

받은 기록의 보주(寶珠). A급 아이템인 이 오브는 온갖 정보를 보존한다. 오브 자체는 무녀에게 돌려주었지만, 부하 네트워크에 올라간 용사의 스테이터스는 지금도 남아 있다. 놀랍게도 그 스테이터스에서 용사의 기척을 읽어낼 수 있었다. 당연히 나는 이 네 명의 기척에 마커를 해두었다.

『아무래도 방금 이 도시에 들어온 것 같은데.』

주위에 기사의 반응은 없다. 네 명끼리만 트라지에 온 것일까.

『공주님이 말하던 그 녀석들인가….』

『용사….』

다른 사람이라지만 과거에 용사에게 친아버지를 살해당한 세라는 복잡한 기분이 들 것이다.

『세라, 알고는 있겠지만 이 용사는 다른 사람이야.』

『…머리로는 알아.』

하지만 마음은 아직 정리되지 않은 눈치다. 상태를 살펴보며 신경을 쓸 필요가 있겠다.

『그럼 됐어. 이번에는 이 용사들한테도 일을 좀 시키고 싶어.』

『확실히 용사라면 지명도와 인기 모두 크리스토프를 가볍게 뛰어넘겠군요. 증거도 있으니, 길드와 렐라미스의 뒷방패가 있으면 트라이센도 불평할 수 없을 겁니다.』

『용사와 흑풍 일파를 맞붙일 생각이냐?』

『그러면 내가 싸울 수가 없잖아.』

ㅠㅠ…….ㅛ

『다 같이 침묵하지 마!』

물론 이유가 그것뿐인 건 아니다. 용사들의 실력은 기껏해야 중

상위 A급 모험자 수준이다. 크리스토프와 파티, 그리고 흑풍을 상대했을 때 반드시 이길 거라고는 할 수 없다. 이런 데서 용사가 죽어버리면 메르피나에게서 무슨 소리를 들을지….

『하아…. 마음을 가다듬고, 작전을 발표하겠습니다.』

"미스트 씨, 제가 제안할 게 있는데요."

"제안, 이라고요?"

작전 회의를 마치고 드디어 준비로 들어간다. 이 작전에는 미스트 씨의 협력이 필수다. 작전이 성공하면 트라지에 은인 행세를 하는 것도 가능할 것이다. 그렇게 하면 쌀을 손에 넣을 가능성도 높아진다. 나는 무슨 수를 써서라도 쌀을 손에 넣고 싶다!

『주인님, 요리는 저한테 맡기세요! 반드시 레시피를 재현하겠습니다!』

『왕의 고향의 환상의 식재료… 나도 실체화해서 열심히 먹겠다!』

『당신들, 가끔 느닷없이 개그를 하는구나.』

절대적인 결의 아래 우리는 행동을 개시했다.

긴자기 토우야기 이끄는 이세계 용사들은 신황국 멜라미스를 출발해서 오랜 시간을 들여 수국 트라지에 도착했다. 왜 트라지에 왔는가? 그것을 설명하려면 전생신 메르피나가 무녀 콜레트에게 내

린 신탁에 대해 말해야만 한다. 델라미스 대성당, 신탁이 내린 직후 일어난 일이다.


　…델라미스 대성당

　토우야와 세츠나는 대성당 문 앞에 도착함과 동시에 미즈오카 나나, 쿠로미야 미야비와 맞닥뜨렸다.

　"칸자키 군! 대체 무슨 일이 일어난 거야?!"

　약간 혼란스러운 것 같은 나나. 토우야나 세츠나와 같은 고등학교, 같은 반인 동급생. 키가 작고 어려 보이는 얼굴이지만 반대로 가슴이 커서 일부 남자들 사이에서는 이상하게 인기가 있다. 본인은 자주 초등학생이나 중학생으로 착각당하는 이 용모에 콤플렉스가 있지만, 그 용모와 차분한 성격이 풍기는 편안한 분위기가 주위 사람들의 마음을 치유해주곤 한다.

　"대성당에서 빛이 보였어. 불꽃놀이라도 하나?"

　나나와는 정반대로 냉정함 그 자체인 미야비. 소환 전날에 토우야의 반으로 전학 온 해외 출신. 천재적인 두뇌에 상식으로는 파악할 수 없는 언동을 하는 신비로운 미소녀이다. 일본과 러시아의 1/4 혼혈이라서 그런지 아름다운 은발로 인해 등교 첫날부터 팬클럽이 생긴 전설을 만들었다.

　이 두 사람도 토우야, 세츠나와 같이 현대에서 이세계로 소환된 용사이다.

　"나도 전혀 모르겠어. 하지만 대성당 안에 콜레트가 있어."

　"뭐?! 빠, 빨리 무사한지 확인해야지!"

　"그래! 문을 열고 일제히 돌입하자. 준비는 됐어?! 하나… 둘…."

…쾅!

"콜레트, 무사해?!"

토우야가 외친 곳에 은발 소녀가 제단을 향해 서 있었다. 무언가 가 부서지거나 무슨 일이 있었던 기색은 없다. 아까 강렬한 빛이 뿜 어 나온 것이 거짓말이었던 듯, 대성당은 휑하니 정적에 잠겨 있다. 네 명의 용사가 주위를 경계하는 가운데, 콜레트는 빠르게 돌아보 고 높은 목소리로 선언한다.

"신탁이 내렸습니다!"

그 목소리에 세츠나가 반응한다.

"신탁이라니… 여신님이 여기 온 거야?! 무슨 얘기를 했어?!"

이 세계에 갑자기 소환된 이후에 여신과 접촉하다니. 어쩌면 본 래 세계로 돌려보내 줄지도 모른다. 그런 희미한 기대를 품으며 세 츠나는 콜레트의 다음 말을 가만히 기다렸다. 이윽고 콜레트는 입 을 천천히 열고….

"메르피나 님의 협력 아래, 용사님의 소환에 성공한 지 벌써 1년. 그 이후 신탁을 받을 수 없었는데, 마침내! 마침내 새로운 신탁을 받았습니다! 아아, 메르피나 님의 모습은 실로 꽃 같은 얼굴에 나긋 나긋한 허리! 용사님의 성장을 기뻐해주시는 그 미소는 웃음 하나 에 천금, 아니, 만금의 가치가! 제 덧없는 반생에 두 번이나 나타나 주시는 상냥함과 자애로움에 이 콜레트는 홀딱 빠져버릴 것 같습니 다…!"

"""……"""

그녀는 너무나 기쁜 나머지 머리가 훅 가버린 상태였다. 대국 델 라미스의 넘버 2의 추태는 쉽게 볼 수 있는 것이 아니다. 아니, 보

일 경우 그녀의 품위에 손상이 간다.


"카, 칸자키 군, 콜레트 씨는 좀 피곤한 것 같아. 우리가 방으로
데려갈 테니 먼저 돌아갈래?"

"그, 그래. 내가 업고 갈까?"

"안 돼. 그렇게 콜레트를 만지려고 하다니. 토우야 넌 툭하면 야
한 상황을 만들잖아."

"뭐야! 아직도 담아두고 있는 거냐, 미야비…. 그건 일부러 그런
게 아니라고…."

"미, 미야비?! 칸자키 군이랑 무슨 일이 있었던 거야?!"

"그래, 그래. 만담은 거기까지 해두자고."

세츠나는 머리를 감싸 안고 이 상황을 수습하려고 했다. 트러블
메이커인 토우야의 소꿉친구인 그녀는 이런 귀찮은 일을 어린 시절
부터 지긋지긋할 정도로 경험했기 때문에, 자연스럽게 이런 역할을
맡게 된다. 다른 세 명은 내버려두면 내내 이런 식이니 어쩔 수 없
다고 생각하지만, 세츠나는 매일 속이 쓰리다.


"이 정도의 소동이라면 기사단 사람들이 곧 올 테니까, 토우야는
그쪽을 대응해줘. 나나랑 미야비는 나와 함께 콜레트를 빨리 옮기
자! 자, 행동 개시!"

""아, 알았어!""

"이이이이서…."

대성당에서 뛰쳐나가는 토우야. 그에 이어 세츠나와 미야비는 콜
레트를 옮겼다.

"너무나 아름다워요, 지나치게 아름다워요~ 메르피나 니임~."

그날 밤, 콜레트의 침실에는 출입 금지령이 내려졌다.

…콜레트의 집무실.

똑똑.

"…들어오세요."

"무녀님, 실례하겠습니다."

서류를 적고 있던 콜레트는 손놀림을 멈추고 문으로 눈길을 보냈다. 방에 들어온 것은 델라미스가 자랑하는 신성기사단 단장인 클리프. 신황국 델라미스 최강의 전력이자 용사의 교육 담당을 맡고 있다. 토우야 일행 넷이 싸워도 아직 이길 수 없는 실력자다. 토우야 일행도 클리프를 따라 방에 들어왔다.

"신성기사단 단장 클리프, 지금 찾아뵈었습니다!"

"수고하셨습니다. 오늘 용사님과 클리프 단장을 부른 것은 다른 게 아니라 보고할 일이 있기 때문입니다. 메르피나 님의 신탁이 내렸습니다."

어제와는 몹시도 다른 분위기로 하는 충격적인 말. 하지만 그 충격 이상의 추태를 어젯밤에 보고 만 토우야 일행은 미묘한 표정이다. 솔직히 놀라면 되나? 하고 서로 눈짓을 하고 있다. 미야비는 조금 웃어버릴 것 같아 바들바들 떨고 있다. 그런 사정을 모르는 클리프만 경악한다.

"그게 사실입니까?! 무녀님, 축하드립니다. 바로 교황님께도 보고해야겠습니다!"

"기다리세요. 아버님… 교황님께는 이미 말씀드렸습니다."

"아, 그렇습니까."

"그런데 콜레트, 여신님은 뭐라고 했어?"

세츠나는 어젯밤 일을 생각하지 않으려고 노력하며 신탁 내용을 묻는다.

"…서대륙의 제국에서 사악한 기척이. 용사가 나아갈 길은 그곳에 있다. 결코 파즈에는 가까이 가지 말 것."

"이, 이럴 수가…."

클리프가 또 놀란다.

"클리프 단장, 서대륙의 제국이라면 설마…."

"그래, 우리나라와 오랫동안 휴전 상태에 있는 리제아 제국이다."

델라미스와 리제아는 현재 휴전 상태이지만, 전시의 긴장은 지금도 계속되고 있다. 한번 생긴 나라간의 깊은 골은 그리 쉽게 메워지는 것이 아니다.

"크루스 브리지(십자대교)를 통해 갈 수 있었던가요?"

"그것도 가능하지만, 경계가 엄중한데다가 관문이 몇 겹으로 있어. 트라이센과 같이 군국주의적인 나라다. 델라미스의 용사라는 게 알려지면 무슨 짓을 당할지 몰라. 신분이 보장된 행상인이 없는 한 추천할 수 없겠군."

"하, 하지만 여신님의 신탁대로라면 그 제국에 마왕이 있을지도 모른다는 거잖아? 진짜로 갈 거야?"

나나의 한마디에 다들 침묵해버린다. 아무리 훈련을 해서 1년간 경험을 쌓았다 해도, 그 본질은 평화로운 세상에서 살던 고등학생.

마왕과 싸울 각오는 하고 있다고 생각했지만, 막상 전장으로 향해야 한다고 하니 마음이 흔들린다.

"무녀님, 저는 아직 너무 이르다고 생각합니다. 아직 토우야 일행은 마왕을 상대하기에는 심신 모두 역부족입니다. 게다가 타국 땅이라면 델라미스의 기사인 제가 섣불리 발을 디딜 수 없습니다."

"저도 압니다. 하지만 이것은 메르피나 님의 신탁, 무슨 의미가 있을 겁니다."

콜레트는 눈을 감고 깊이 생각했다. 침묵이 방을 지배하고, 때때로 창에서 부드러운 바람이 들어온다. 이윽고 눈을 뜬 콜레트가 중얼거렸다.

"트라지에서 배를 띄우도록 합시다."

토우야 일행은 기사 몇 명을 데리고 델라미스와 트라지의 국경 부근에 와 있었다. 오는 길에 용사들이 백마를 탄 모습을 본 사람들은 남녀를 가리지 않고 돌아보았다. 클리프는 "너무 눈에 띄어서 미치겠군"이라고 농담을 할 정도였다. 긴급 조치로 현재는 후드를 깊이 덮어쓰고 있다.

"미안하지만 토우야, 내가 배웅할 수 있는 건 여기까지다. 이다음부터는 트라지의 영역. 우호국이라지만 기사가 허가 없이 들어갈 수는 없다."

신성기사단의 단장인 클리프는 당연히 각국의 유력자들에게 얼굴이 알려져 있다. 보통 미리 트라지에 허가 신청을 하고 용사 일행과 함께 행동할 수 있었다면 좋았겠지만 이번에는 비밀리에 도항하는 것이다. 그렇게까지 사전 준비를 할 수는 없었다.

"아뇨, 국경까지 배웅해주신 것만으로 충분합니다. 우리 힘으로 어떻게든 해볼게요."

토우야는 타고난 상쾌한 스마일로 클리프를 치하했다. 토우야는 자신감으로 가득했지만 동료인 나나는 그렇지도 않은 것 같다.

"델라미스를 우리끼리만 떠나는 건 처음이지? 괜찮을까…."

1년간 활동 중심은 델라미스 국내였다. 신성기사단과 함께 타국으로 행군한 적도 있기는 했지만, 용사 파티끼리만 단독 행동하는 것은 이번이 처음이다. 나나는 처음 던전으로 갈 때와 같은 심경이었다.

"무녀님 앞에서는 그렇게 말했지만, 너희는 극적으로 성장했다. 사실 말이지, 아무리 용사라 해도 이렇게 빨리 성장할 줄은 몰랐어. 레벨로 따지면 각국의 최고들과도 맞서 싸울 수 있을 정도야."

"…하지만 단장에게는 싸우는 족족 전패했잖아."

미야비가 무표정하게, 하지만 약간 토라진 듯 말한다. 모의전에서 자기 마법이 끝까지 클리프에게 맞지 않은 것이 불만인 것 같다.

"하하하! 이래 봬도 나는 델라미스 최강의 기사라고! 아무리 강해졌다지만 그리 쉽게 져주지는 않을 거야!"

"후후, 다음 훈련에서는 지지 않을 거예요."

나름대로 격려해주는 클리프의 말에 세츠나는 늠름한 태도로 말했지만, 클리프의 아직 실력 차이가 난다는 것은 알고 있었다. 참고로 클리프의 레벨은 84. 수국(獸國) 가운의 수왕들 같은 세계 최고봉 수준도 비슷한 수준일 것이라고 세츠나는 생각했다. 그에 비해 세츠나 일행의 레벨은 이제야 60에 접어들려는 참이다. 델라미스에서 관리하는 던전 깊은 곳에서 맹훈련에 이은 맹훈련을 거듭해서 단기간에 급성장을 했지만, 인사치레로라도 각국 최고 실력자들과 맞대결할 수 있을 것 같지는 않다.

'이 여행으로 뭔가 확실히 성장해야 해…. 아마 여신님의 신탁은 그걸 위한 것일 거야.'

세츠나의 시선 너머에는 트라지의 영토가 있다. 그리고 그 바다 너머에 있는 리제아 제국. 세츠나는 소꿉친구와 다른 친구들을 지키겠다고 새로이 결의했다.

그 후로는 약간의 잡담과 앞으로 할 여행에 대해 대화를 나누고, 클리프를 비롯한 기사단과 헤어져 트라지를 향해 백마를 달렸다. 시작되고 만 첫 여행, 우선은 트라지령 항구에 정박한 델라미스의 선박으로 향했다.

타고 있던 백마를 일단 마구간에 맡긴 네 명은 다시금 주위를 둘러보았다. 델라미스와는 또 다른 풍경이 펼쳐져 있었다. 일본이라는 섬나라에서 태어나고 자란 용사들에게는 어쩐지 그립게 느껴졌다.

"트라지는 좀 일본과 비슷할지도. 저기, 도시를 조금 둘러보지 않을래?"

"나나, 관광을 온 게 아니야. 트라지 왕을 알현한 다음 콜레트가 구해준 배로 서대륙을 향해 떠나야 해."

세츠나가 나나를 의젓하게 타일렀지만, 흥분을 숨기지 못하는 것은 나나뿐만이 아니었다.

"뭐 어때. 잠깐 들러서 정보를 얻는 것도 여행의 묘미잖아."

"결행. 이 고장 음식 먹어치우기 여행."

마찬가지로 호기심이 풍부한 토우야와 식욕에 눈이 먼 미야비는 엄지를 세워 '잘했어!'라는 포즈를 취했다. 세츠나는 그것을 보자마자 '하아' 하고 커다란 한숨을 내쉬었다. 이래서야 또 트러블에 휘말리겠군 하는 생각에 벌써부터 피폐해지는 기분이다.

"세츠나, 때로는 숨을 돌리는 것도 중요해. 봐, 또 이마에 주름 잡혔어."

나나가 세츠나의 앞에서 발돋움해서 얼굴을 살펴보며 추가 공격을 했다.

"그, 그래…. 요즘 너무 긴장한 채로 있었는지도 모르니까…"

최종적으로는 토우야나 다른 친구들의 고집에 세츠나가 꺾여 약간이나마 관광을 하게 되었다. 세츠나가 양보하는 것은 흔한 일이다. 사실 그녀는 꽤 사람이 좋은 편이다.

관광을 시작한 지 약 한 시간이 지났을 무렵, 용사들은 모험자 길드 앞을 지나갔다. 문득 토우야가 고개를 들고 길드 간판을 보았다.

"그러고 보니 모험자 길드에는 여러 가지 의뢰가 있다고 했지."

"헤~, 그럼 칸자키 군의 힘으로 도움이 필요한 사람을 도울 수 있을지도… 읍읍!"

별 생각 없이 한 나나의 한마디. 순간적으로 반응한 것은 세츠나였다. 민첩 스테이터스를 최대까지 활용해서 서둘러 나나의 입을 막는다.

"읍읍~!(왜 이래~!)"

"(토우야 앞에서 사람을 돕는다는 말을 꺼내면 안 돼! 그런 말을 하면….)"

세츠나는 흘끗 토우야 쪽을 본다.

"사람을 돕는다고… 내 도움이 필요한 사람을…!"

아아, 스위치가 켜지고 말았다. 이미 늦었다. 눈을 반짝반짝 빛내는 토우야를 본 세츠나는 완전히 포기했다.

"다들! 여기 우리의, 용사의 힘이 필요한 사람들이 있을 거야! 그런 사람들을 남겨두고 바다를 건널 수 있을까… 아니, 그럴 수는 없어! 단 하나라도 좋아. 사람들의 평온을 지키자!"

"칸자키 군…!"

토우야가 뜨겁게 말하고 나나가 뜨거운 시선을 토우야에게 보낸다. 양손 한가득 먹을 것을 들고 입으로 가져가면서도 그 모습을 즐겁게 바라보는 미야비. 사람 돕기 모드로 들어가버린 토우야를 막는 것은 오래 알고 지낸 세츠나에게도 불가능하다. 나나는 심지어 토우야를 좋아하기 때문에, 희희낙락해서 도우려 할 것이다. 미야비는 무슨 생각을 하는지 모른다. 이렇게 되어버린 마당에는 토우야가 만족할 때까지 좋을 대로 하게 둘 수밖에 없다.

'이래서야 관광하는 정도로는 끝나지 않겠군….'

세츠나는 오늘 몇 번째일지 모를 한숨을 내쉬었다.

한편 길드 뒤쪽에서 엿보는 사람이 있었다. 미스트와 길드 직원이다.

"길드장, 돌아가는 걸 보니 그냥 있어도 용사님들이 이쪽으로 오지 않을까요…."

"적당히 속여서 유도할 예정이었는데 말이죠…. 접수에 연락해서 예정을 변경한 다음 직접 여기로 들여보내세요."

켈빈이 제시한 길드 직원의 용사 유도 작전은 이렇게 햇빛을 보지 못한 채 그 역할을 다하고 말았다.

'그나저나 이 연극용 옷, 완성도가 대단한걸…. 그 메이드 씨가 단숨에 만들었는데, 세부까지 잘 고안했고 연극 스킬 상승효과까지 있어. 결국 쓸모는 없어지고 말았지만, 이 정도 랭크의 장비를 가볍게 만들어내다니….'

…똑똑.

'어머나, 온 모양이네.'

미스트는 의상을 집어넣고 손님 응대에 착수했다. 수순은 바뀌었지만 이다음부터가 미스트의 담당이다.

"엉? 카르나의 부대가 돌아오지 않는다고?"

"네, 넷! 정시 연락 시간이 되어도 아무도 나타나지 않습니다! 긴급할 때 쓰는 봉화에도 반응이 없었습니다! 두목, 아무래도 카르나 누님에게 무슨 일이 있는 게 아닐지…."

곧 붙잡은 노예와 즐길 시간인데, 부하 한 명이 귀찮은 보고를 했다. 도적 두목은 모험자에 비해 편해서 좋지만, 일일이 지시를 내려야만 하는 게 귀찮군. 이 녀석들을 멋대로 행동하게 두었다간 꼬리가 잡힐지도 모른다.

"카르나의 부대는 노예 사냥 실행 부대였던가…. 그럼 동반 부대도 함께였을 것 아니야? 그 녀석들은 어떻게 됐지?"

"마법 지원 부대가 동반했었는데…. 그쪽도 연락이 없습니다."

"쳇, 대체 뭐야…."

모험자 길드가 흑풍의 존재를 알아차렸나? 아니, 아직 꼬리를 잡히지는 않았을 것이다. 카르나를 빼면 다른 간부는 모두 무사히 돌아왔다. 만약을 대비해서 고위 모험자가 있는 장소를 피해서 파즈 주변에서 주로 행동하게 했다. 카르나의 본대도 지원 부대를 합치면 열 명을 넘는 고레벨 파티다. 이 녀석들을 쓰러트릴 만한 모험자는 거기에 없었을 텐데…. 욕심을 부리고 다른 지역까지 손을 뻗친 건가?

"어쩔 수 없지, 카르나의 담당 지역을 수색하게 해."

이 아지트에 지금 있는 간부는 파티의 동료인 나와 같은 A급 모험자 프리슬라, 호프, 애드 세 명. 그리고 본래 흑풍의 간부였던 녀석들 네 명. 카르나에게 무슨 일이 있었다면 같은 레벨 간부에게 맡기는 건 안 되지. 호프가 적당하겠어.

"호프를 불러! 당장!"

"하아~. 왜 내가 뒤치다꺼리를 하러 가야 하는 거야…."

아직 어려 보이는 몸집 작은 남자가 방에서 터벅터벅 걸어 나왔다. 아까 이 방에서 카르나 수색 임무를 떠맡은 참이다. 하지만 얼굴에는 패기가 없다.

"크리스토프도 의외로 겁이 많은 녀석이니까~. 평범한 간부 따위 내버려둬도 상관없잖아. 나는 취미 생활 때문에 바쁜데."

"호프 형님, 또 납치한 여자를 고문하고 있었습니까요? 모처럼 들어온 상품인데 두목에게 혼납니다요."

부하가 걱정스럽게 말했지만 당사자 호프는 낄낄 웃어넘긴다.

"뭘 모르는군~. 여자의 비명만큼 듣기 좋은 음악은 이 세상에 없어. 돈으로는 살 수 없을 정도의 값어치가 있다고~."

"아, 네…. 형님의 취미는 그렇다 치고, 아지트 입구에 수색대가 대기하고 있습니다요. 레벨 30을 넘은 전투원을 열 명쯤 모았습죠."

"오오~, 크리스토프치고는 대담한데! 이 아지트의 최고 전력 아니야?"

"그만큼 두목이 진지하다는 겁니다요. 거기에 형님도 나가니 상대가 불쌍할 정도인데요."

그렇게 말하는 이 부하도 레벨34의 강자다. 차기 간부감이라 호프의 오른팔로 등용되었다.

호프와 부하는 웃으며 통로를 걸어갔다. 모퉁이를 지나면 아지트 입구에 도착한다. 거기에는 흑풍의 정예들이 모여 이제나저제나 출격 때를 기다리고 있을 것이다.

"귀여운 애가 있으면 좋겠는데~."

"카르나 누님을 쓰러트렸을지도 모르는 상대인데요? 그럴 리가… 어라?"

입구를 본 부하가 갑자기 멈춰 섰다. 핑크빛 망상에 젖은 호프는 그걸 알아차리지 못하고 조금 앞서서 걷던 부하의 등에 부딪치고 말았다.

"아얏! 왜 갑자기 멈춰 서고 그래!"

"아, 죄송합니다요, 형님. 입구에 아무도 없어서…. 이상하네… 분명히 소집했는데…."

"정신 차리라고. 내 회색 뇌세포에 무슨 일이라도 있으면 큰일……!"

어른 열 명이 넉넉히 들어갈 수 있을 것 같은 그럭저럭 널찍한 입구에 부하를 추월해서 들어간 순간, 마력 감지 스킬을 가진 호프는 이변을 알아차렸다. 입구와 통로 경계선에 미약한 마력이 깔려 있다는 것을. 이 입구에 뭔가 마법이 걸려 있다.

"조심해! 누가 있어!"

호프는 곧바로 경계를 촉구했다. 하지만 그 목소리에 반응하는 사람은 없었다.

"이봐! 듣고 있, 는…."

대답하는 소리가 없자 짜증이 나서 참지 못하고 돌아본 호프. 하지만 그곳에 부하의 모습은 없었고, 대신 있는 것은 피에 물든 대검을 든 칠흑의 기사였다. 기사의 발밑에는 무참하게 살해당한 부하의 시체에서 흐르는 붉은 액체가 펼쳐져 있다.

'뭣… 어느 틈에 내 뒤로?!'

곧장 애용하는 검을 뽑았다. 호프는 감지 계열 스킬이 많아 자신에게 덮쳐올 위험, 그리고 주위의 변화에 대해 남들보다 훨씬 민감하다고 자부한다. 그것은 A급 모험자인 크리스토프의 파티 내에서도 마찬가지라, 이번 일을 크리스토프가 호프에게 맡긴 것도 그 때문이다. 그런 호프가 바로 뒤에서 걷던 부하가 죽은 것을 전혀 알지 못했다. 그에게 이것은 있을 수 없는 이상 사태였다.

"미안해. 개인적인 일이 있어서 좀 급해. 뭐, 이건 너희의 상투적 수단이니까. 비겁하다고 하지는 않겠지?"

뒤에서 남자의 목소리가 들렸다. 하지만 호프는 다시 뒤를 돌아 볼 수가 없다. 그게 얼마나 위험한 것인지 알고 있었다 해도 눈앞의 기사에게서 눈을 뗄 수 없었다. 그의 위험 감지 스킬이 이 흑기사에 대해 마구 경보를 울리고 있기 때문이다.

'위험해 위험해 위험해 위험해! 이 녀석과 동등한 녀석이 뒤에도 둘 있어!'

기적 감지 스킬로 가능한 한 상황을 파악했다. 아까 들린 목소리의 주인으로 여겨지는 남자가 아지트 입구를 가로막듯 서 있고, 그보다 비스듬히 앞쪽에는 범상치 않은 투지를 내뿜는 인기척. 그리고 입구 사각 지대에 자신이 이끌고 있던 정예들의 시체가 산처럼 쌓인 것이 느껴진다.

"자, 상황은 이해했나? 레벨로 보아 넌 흑풍의 간부겠지? 얼굴을 가면으로 감추고 있는 걸 보니 트라이센의 영웅 중 한 명인가? 거참, 출구를 지키고 있으면 보스도 나올 줄 알고 기다렸는데, 나타난 게 죄다 말단들이라서. 가진 정보도 다 쓸모없는 것들뿐이라 지루했어."

갖고 싶던 장난감을 손에 넣은 아이처럼, 남자는 들뜬 투로 계속 말한다. 호프는 말없이 그 말을 듣고 있을 수밖에 없었다.

'레벨로 보아, 라는 걸 보니 감정안을 가지고 있나? 레벨 62인 내 스테이터스를 보고도 놀라지 않는다면… 3급 모험자?! 세나가 어떻게 내 정체가 들켰지?! 칭호도 상관없는 칭호인데!'

뇌를 완전 가동시키며 활로를 찾아내려고 하는 호프. 하지만 좋은 생각은 전혀 떠오르지 않는다. 반대로 혼란스러워질 뿐이다.

"그래서 말인데, 어떻게 할래? 싸우겠다면 기쁘게 상대해주지. 네가 아는 정보를 몽땅 넘긴다면…."

"두목, 침입자야! 아마 S급 모험자일 거고, 우리 정체도 들켰어!"

"…헤에, 썩어도 A급은 된다는 건가."

호프가 한 행동. 그것은 목숨을 건 정보 전달. 당연히 흑기사는 이 행동에 반응해서 움직였다. 경검사인 호프의 가느다란 검과 흑기사의 대검이 교차한다. 승부는 한순간. 호프의 검은 흑기사에게 닿지 않고, 흑기사는 거대한 대검을 든 것치고는 상상할 수 없을 정도로 빠르게 가느다란 검째로 호프를 벤다. 그가 마지막으로 들은 것은 여자의 비명이 아니라 자신의 단말마였다.

"유감이지만 입구에 사일런트 위스퍼(무음풍벽, 無音風壁)를 설치했어. 네 목소리는 누구에게도 들리지 않아."

남자의 무자비한 선언도 그의 귀에는 더 이상 들리지 않았다.

"아무래도 잘 안 되는구먼."

피투성이 대검을 터는 제라르. 한 번 휘두르자 검에 묻은 피는 모두 바닥에 떨어지고, 마검 다인슬레이브는 본래의 빛을 되찾는다.

"적 등 뒤로 소환, 그리고 즉시 공격… 소환할 때의 마법진이 문제로군. 마법진의 빛도 그렇지만, 마력 감지로 알아챌 가능성이 있어. 타이밍도 어려워."

"음, 은폐와 병용하는 것도 재미있을지도 모르겠군."


아까 2인조에게 쓴 것은 소환술을 이용한 기습이다. 가면 쓴 남자 호프가 여기 들어왔을 때 호프를 따라오려는 부하 바로 뒤에 제라르를 소환. 즉시 습격함으로써 손쉽게 허를 찌를 수 있었다.

나아가 B급 녹마법 '사일런트 위스퍼'로 입구 전체를 덮음으로써 입구 안팎으로 소리가 전달되는 것을 차단. 이로 인해 사일런트 위스퍼 안에서는 아무리 소음을 내도 결코 바깥에 들리지 않는다. 반대도 마찬가지라, 부하가 쓰러졌을 때 호프는 알아차리지 못했다.

"저기, 언제까지 여기 잠복할 거야? 지루해졌는데."

우뚝 서서 입을 삐죽이는 것은 세라다.

"너, 조금 전까지 신나서 싸웠잖아! 사일런트 위스퍼를 펼쳐두길 정말 잘했어…. 뭐, 이 입구로 향한 건 지금 두 명이 마지막인 것 같네. 슬슬 이쪽에서 공격해볼까."

기척 감지로 흑풍의 아지트 안을 뒤지고, 대략적인 적의 배치를 확인했다. 이 안에는 흑풍에 잡힌 사람들도 있을 것이다. 맵 위를 한 걸음도 이동하지 않은 기척이 그 사람들일까.

"쓰러진 흑풍 사람들은 어떻게 할까요? 용사에게 발견되면 귀찮을 텐데요."

출구 그늘에서 은밀 상태를 해제한 에필이 모습을 드러낸다. 우리가 아지트 입구에서 출입구를 막고 흑풍을 기다릴 때, 에필은 바깥을 감시하고 있었다.

흑풍의 별동대가 아지트로 돌아올지도 모르니까. 천리안을 가진 에필이 감시하면 바깥쪽도 즉시 대응할 수 있다.

"클로토에게 흡수하게 하지. 클로토, 부탁해."

평소처럼 에필의 어깨에 올라간 클로토가 확 거대해져서 그것들을 감싼다.

빅토르와의 싸움에서 대폭 레벨 업을 한 클로토는 새로이 '해체'와 '금속화' 스킬을 얻었다. 해체 스킬은 몬스터에게서 소재를 벗겨낼 때 사용한다. 스킬 랭크를 올리면 보통보다 더 많이, 그리고 희귀한 소재를 찾기 쉬워지는 효과가 있다. 클로토는 대상을 폭식 스킬로 흡수하며 그대로 소재는 보관에 옮긴다. 놀랍게도 해체 스킬은 인간에게도 적용된다. 아무리 그래도 인간의 소재를 떼어내는 그로테스크한 짓은 하지 않지만, 흡수할 때 그 인간이 장비하고 있던 것을 보관으로 보내준다. 클로토 씨, 진짜 쩐다.

"음? 열쇠 다발을 찾았어?"

클로토가 가면의 남자를 흡수하더니 보관에 뭔가 열쇠 다발이 보내졌다고 보고한다.

"아지트에서 쓰는 열쇠가 아닐까요? 그 가면 쓴 남자, 간부 모험자였던 것 같던데요."

"이걸 쓰면 탐색이 편해지지 않을까? 클로토, 잘했어! 냉큼 돌입하자고!"

"세라는 날뛸 생각밖에 없냐. 일단 이건 은밀 작전이라고. 침입한 걸 들켜서 잡힌 사람들이 인질이 되면 귀찮아져."

"치…."

"노골적으로 싫다는 표정 짓지 마."

하지만 A급 모험자가 어느 모로 보나 수준 이하였던 건 유감인

걸. 호프의 스테이터스를 감정안으로 확인했지만 메르피나가 보여준 용사만 못했다. 레벨은 용사들보다 위인데 아무래도 능력 성장이 별로다. 용사의 성장률이 우수한 것으로 봐야 할까.

"그럼 희망대로 아지트를 공략하도록 할까. 세라, 싸우는 것도 좋지만 감지 스킬로 함정을 체크하고."

"물론이야, 나한테 맡겨!"

"…불안해."

실력은 충분하지만 아무래도 성질이 급한 면이 있는 세라가 걱정스럽다. 정말이지, 전투광이라니까.

"켈빈, 거기 돌바닥, 한 곳만 색이 미묘하게 다르지? 밟으면 덫이 움직이니까 조심해."

"아, 알았어."

"음, 세라의 혜안은 역시 대단하구먼."

"네, 안심하고 앞으로 나아갈 수 있네요."

"그, 그래…."

미안해, 세라. 오빠가 또 쓸데없이 널 의심했구나. 뚜껑을 열어보니 세라는 충분히 감지 스킬을 활용해서 아지트 내부에 설치된 함정이나 마법을 간파했다. 제라르와 에필도 높게 평가했다. 오히려 내기 반성해야겠는걸.

"왜 그래, 켈빈? 아까부터 뭔가 생각에 잠긴 것 같은데."

"아니, 세라가 동료가 되어 정말 다행이라는 생각이 들어서."

내 표정을 살피는 세라의 머리를 쓰다듬어준다. 살랑거리는 진홍색 머리카락이 기분 좋다. 에필과는 또 다른 감촉이다.

"뭐, 뭐야, 갑자기….."

얼굴이 새빨개져서 눈길을 돌리는 세라. 그래도 말없이 하는 대로 있는 걸 보니 싫지는 않은 것 같다. 하지만 여기는 전장이다. 지금은 이러지만 정신을 차릴 땐 바짝 차려야만 한다. 에필이 시선으로 뭔가 호소하고 있기도 하고.

우리는 붙잡힌 여자를 구출하며 아지트 탐색을 진행했다. 기척 감지로 방을 확인하고 사일런트 위스퍼를 펼쳐 적을 제압. 호프에게서 얻은 열쇠 다발 역시 이 아지트의 문을 여는 열쇠들이어서, 어렵지 않게 공략해갈 수 있었다. 감옥에 갇힌 여자들이 대부분이었지만 개중에는 에필과 세라에게는 보여줄 수 없는 참상이 펼쳐진 방도 있었다. 소위 성적 폭행이나 고문을 받고 있었던 것이다. 그런 녀석들은 주로 나와 제라르가 제재를 가하고 제압한다. 여성들에게는 클린[淸風] 마법을 걸고 방에는 리커버리 서클(치유원진, 治癒圓陣)을 걸어둔다. 전투에 데려갈 수는 없으니 일단 방에 숨어 있게 한 다음, 클로토의 분신이 호위하도록 했다.

"오빠, 고마워….."

구출한 어린 소녀가 인사한다. 쇠약해지고 정신이 몽롱한데도 열심히 미소를 보여주었다. 이 소녀는 고문을 받은 흔적이 있는 여자들 중 하나다. 육체의 상처는 내 마법으로 바로 완치시킬 수 있지만, 정신적으로 회복하는 데는 시간이 걸린다. 아무리 영웅이라 칭송받으며 지지를 얻었던 모험자라 해도 용서받을 수 있는 행위가 아니다.

"여기가 마지막 방이로군."

기척은 세 명, 그 후로 모험자 같은 간부와는 마주치지 않았으니, 원흉인 영웅님은 이 안에 있으리라. 자, 호되게 벌을 주지 않으면 안 되겠군.

…흑풍 아지트, 두목의 방.

"대체 무슨 일이 있었던 거야? 모처럼 쉬는데."

"……."

"사실은 말이지, 노예사냥을 하던 부대가 당한 것 같아."

크리스토프는 프리슬라와 애드를 불러 상황을 설명하기 시작했다. 호프를 밀정으로 삼아 주변 수색을 명령했던 것, 카르나의 부대가 아지트로 돌아오지 않는다는 것을 두 사람에게 전달하자 프리슬라는 대경실색했다.

"뭐, 뭘 하는 거야?! 이건 본국의 극비 임무잖아?!"

"너무 큰 소리 내지 마! 바깥 녀석들에게 들리면 어떻게 해!"

세 명은 검은 가면을 쓰고 흑풍의 부하에게도 맨얼굴을 결코 보이지 않았다. 호프도 마찬가지다. 감정안으로 보면 의미가 없어지겠지만, 트라이센에서 멀리 떨어진 이 부근에서 그들의 이름은 그다지 유명하지 않았다. 본국에서 소환한 왕궁마도사의 마법으로 네 명에 대한 흑풍 멤버들의 기억을 바꿔치기해서 두목 행세를 한 그들이니, 가면만 써도 충분히 효과가 있는 것이다. 단, 간부급 실력자쯤 되면 이야기가 달라져서 기억을 고쳐 쓴 효과도 적어진다. 두

목이 바뀌었다는 사실은 알지만 그것을 의문으로 여기지 않거나, 두목의 이름이 기억나지 않거나 하는 등 기억이 뒤죽박죽이 되는 장애가 생긴다. 이런 상태인 간부가 심문을 당하면 그들에게 치명적으로 작용할 수 있다.

"하지만 만약, 만약 말이야? 카르나가 우리의 비밀을 폭로해버리면 가운을 필두로 다른 3국, 아니, 모험자 길드도 가만히 있지 않을 걸. 그렇게 되면 우리는 영웅이 아니게 돼…. 그뿐만 아니라, 반역자라는 오명을 쓸지도 모른다고! 우우, 활동하기 시작한 지 아직 얼마 되지도 않았는데…."

"……."

프리슬라가 요란스럽게 떠들어대는 것에 비해, 근육질 남자 애드는 조용히 눈을 감고 있다.

"이봐, 애드! 너도 무슨 말이든 좀 하라고! 우리의 운명이 달려 있잖아?!"

"…나는 그저 강자와 싸우고 싶은 것뿐이다. 운명 따위, 스스로 개척한다."

"이, 이 근육 얼간이…!"

"이제 좀 진정해, 프리슬라! 그렇게 되지 않게 하려고 호프가 움직이고 있잖아! 지금은 상황을 확인…."

…쾅쾅!

"'"……!"'"

크리스토프가 상황을 정리하려던 그 순간, 방문 쪽에서 노크 소리가 들렸다. 그 소리에 크리스토프와 프리슬라가 움찔 반응해서 천천히 고개를 문 쪽으로 돌렸다.

"뭐, 뭐지?!"

"두목, 접니다. 호프 형님의 긴급한 보고를 전해드리러 왔습니다요."

"오오, 빠르군! 역시 호프 녀석이야!"

"하, 하지만 긴급이라니… 뭔가 위험한 일이 있었던 것 아닐까?"

"그것도 다 정보잖아. 자, 빨리 들어와서 보고해."

"네, 네."

찰칵. 문이 서서히, 서서히 열렸다. 열린 문 너머에 서 있던 것은 크리스토프의 직속 부하… 의 복부에 검을 꽂은 새까만 로브의 남자였다. 그 뒤에도 사람이 몇 명 보인다.

"왜, 왜 그래…? 말을, 들으면, 모, 목숨은 살려주겠다고, 약속, 했잖…?"

"아아, 미안해. 거짓말이었어. 너희 도적들을 살려둘 생각은 전혀 없거든."

그렇게 말한 남자는 꽂은 검을 휘둘렀다. 부하는 마치 종잇장처럼 싹둑 베인 무참한 시체가 되어 크리스토프 앞에 흩날려 최후를 맞이했다.

"큭….."

크리스토프는 남자를 관찰했다. 검은 머리카락, 검은 로브를 입은 위에서 아래까지 새까만 차림새. 아까 부하를 처치한 검을 잘 보니 마력에 뒤덮인 지팡이였다. 가시화할 수 있을 정도로 고밀도의 마력이었기에 성질을 잘못 파악해버린 것이다.

"여어, 영웅님. 내 지역에서 여러 가지로 나쁜 짓을 저질러준 것 같던데."

남자의 얼굴은 생긋 웃음을 머금고 있지만 눈이 험상궂었다. 백전노장의 모험자인 크리스토프 일행은 한눈에 느꼈다. 이 남자는 규격을 벗어난 존재라고.

　"여어, 영웅님. 내 지역에서 여러 가지로 나쁜 짓을 저질러준 것 같던데."
　흑풍의 마지막 생존자를 처리하고 간부들과 대치했다. 동시에 바로 감정안을 사용, 데이터를 부하 네트워크에 업로드. 제라르와 세라도 방에 들어오게 했다.
　"너 이 자식, 문의 트랩을 내 부하에게 해제하게 했군?"
　스테이터스 화면에 따르면 이 녀석이 리더 격인 크리스토프다. 옆에 있는 보석을 주렁주렁 단 여자가 프리슬라, 머리를 민 수행승 같은 차림새의 남자가 애드라고 표시된다. 스테이터스의 강력함만 고려하자면 크리스토프보다 애드 쪽이 골치 아파 보였다.
　"아아, 강력한 기폭식 술식이 짜여 있더라고. 해제하기도 귀찮아서 저기서 자고 있는 저 녀석에게 열게 했어. 이 열쇠 중에서 이 문의 열쇠는 가짜였던 것 같기에."
　호프가 가지고 있던 열쇠 다발을 바닥에 던진다. 이 열쇠 다발에는 아지트의 열쇠 대부분이 있었지만 감정안으로 해석해 보니 보스방의 열쇠만 가짜라는 판정이 나왔다. 이 열쇠로 문을 열려고 하면 즉시 함정이 발동했을 것이다. 뭐, 그때에는 세라가 감지 스킬로 간파했겠지만.

"이건… 호프의…!"

"지나간 이야기는 됐어. 크리스토프, 프리슬라, 애드. 트라이센의 영웅이라고 일컬어지는 너희가 도적과 함께 무슨 짓을 하고 있는 거지? 납치가 영웅님의 취미인가?"

"…하아, 우리 정체까지 알고 있는 건가."

크리스토프가 천천히 가면을 벗었다.

맨얼굴은 처음 보는데, 어쩐지 곰 같은 느낌이다. 영웅보다 도적 두목이 더 어울리지 않을까?

"지적한 대로 내가 크리스토프다. 그렇게까지 정확한 정보를 가진 걸 보면, 카르나를 처치한 것도 너냐?"

"글쎄, 어떨까?"

"칫, 능청은."

크리스토프가 정체를 밝히자 이어서 프리슬라와 애드도 가면을 벗었다.

"흥! 어차피 우리 정체를 알아버린 너는 살려 보낼 수 없어. 누군지는 모르지만 A급 모험자의 실력을 똑똑히 보시지!"

"이 정도 병사와 싸울 기회는 좀처럼 없지. 지금을 마음껏 즐기도록 하겠다."

프리슬라의 보석에서 마력이 분출했고, 애드가 침착하게 창을 겨눈다.

"그래. 호프나 부하를 쓰러트리고 의기양양한 것 같은데, 그런 역경은 일상다반사야. 우리를 쉽게 본 건 후회하며 죽으라고!"

크리스토프는 벽에 걸려 있던 큰 도끼를 들더니 쾅 하고 지면에 내렸다.

헤에, 조금 전까지 동요하던 모습이 싹 사라졌다. 전환이 빠르네. 호프 때에도 그랬지만 이런 마음가짐은 역시 영웅답군.

"공교롭게도 양쪽 다 사람 수가 세 명……. 자, 자웅을 겨뤄보…! 프리슬라, 물러나!"

"뭐?"

…슥.

애드의 말이 끝나기도 전에 사태는 움직이고 있었다.

"어? 어? 거, 거짓말이지?"

"…윽!"

별일 아니다. 세라가 프리슬라를, 제라르가 애드를 공격한 것뿐이다. 바로 그 첫 일격으로 프리슬라의 보석은 몽땅 부서지고, 애드의 창은 조각조각 썰려 흩어져버렸지만.

"미안해, 여기 올 때까지는 나도 그럴 생각이었는데 말이야. 도중에 안 좋은 꼴을 보고 마음이 바뀌었어. 이건 싸움도, 결전도 아냐. 일방적인 징벌이지."

"마력 증폭 아이템 '마력 보석'에 자유자재로 변환 가능한 A급 무구 '캐터랙트 랜스(큰 폭포의 창)'라…. 좋은 장비네. 부숴버려서 미안하군."

프리슬라가 마력을 담아 허공에 띄운 여러 개의 보석, 통칭 '마력 보석'은 마법사가 다루는 마법 보조 아이템이다. 보석의 종류에 따라 효과와 아이템 등급이 바뀐다. 최상급은 A급인 다이아몬드, 이어서 B급인 루비, C급인 사파이어, 에메랄드다. 예외도 있지만 이번에는 넘어가자. 프리슬라가 쓴 마력 보석은 다이아몬드, 최상급이다. 그런 희귀 아이템을 눈 깜짝할 사이에 파괴당한 프리슬라의 심경은 짐작이 갈 것이다.

"내, 내 보석이!"

"전투 중이야, 프리슬라! 앞을 봐!"

"이미 늦었거든."

크리스토프가 경고한 보람도 없이, 세라의 수도(手刀)가 프리슬라의 뒷목에 떨어졌다. 탁… 하고 수도를 맞은 프리슬라는 흰자위를 흡뜨고 정신을 잃은 채 쓰러져버렸다.

오오, 만화나 애니메이션에서만 가능하다는 목치기를 현실로 보게 될 줄이야. S급 격투술쯤 되면 뭐든지 가능하군. 다음에 여러 가지 기술을 가르쳐주도록 할까.

『저기, 켈빈. 이게 끝이면 너무 별로잖아? 얘, 적당히 괴롭혀도 돼?』

『죽이지 않는 정도로. 덤으로 정보도 캐둬.』

『알았어♪』

세라가 기절한 프리슬라를 옆구리에 끼고 노래를 흥얼거리며 방에서 나갔다. 공격했을 때와 같은 속도로 나갔기 때문에 크리스토프와 애드는 말을 걸 틈도 없었다.

『에필, 일단 세라를 지켜봐.』

『알겠습니다.』

방 바깥 통로에서 망을 보는 에필에게 지시했다.

"이제 일단 한 명…. 아아, 목숨까지는 빼앗지 않을 테니 안심해.

너희는 산 채로 출석할 곳이 있어서."

"……하, 벌써 이겼다고 생각하나! 모험자라면 끝까지 방심하지 마! 애드!"

"꿰뚫어라, 캐터랙트 랜스!"

"음!"

산산조각 났던 애드의 캐터랙트 랜스가, 마치 액체처럼 각 부품의 형태를 바꾼 뒤 여러 개의 물의 창이 되어 제라르를 덮쳤다.

저 애드라는 남자, 높은 레벨의 창술 외에도 물과 얼음을 다루는 청마법도 가지고 있다.

마력으로 창에 내재한 다량의 물을 방출할 수 있고, 물의 특성을 가진 캐터랙트 랜스와 병행해서 사용하면 궁합도 좋다. 이 공격도 허를 찌른 상당한 수법이다. …벌써 애드와 창에 대한 정보도 제라르에게 전달했지만 말이지.

"시도는 좋았지만, 속도가 좀 부족하구먼."

제라르는 차례차례 날아오는 물의 창을 정확하게 베어 떨어트렸다. 그 검 놀림에는 한 조각 망설임도 없었다.

"이봐, 이봐. 마력을 그렇게 날려버려도 괜찮겠어?"

"무슨…?! 캐터랙트 랜스, 돌아와라!"

알아차렸나. 애드가 황급히 창을 액체에서 손으로 되돌린다.

"애드, 무슨 짓이야?! 공격을 쉬지 마!"

"……더 이상 이 마법을 계속 써봤자 의미가 없다. 완전히 간파당했어. 마력을 쓸데없이 소비할 뿐이야. 게다가… 이걸 봐라."

"엉? …이건?!"

애드가 손에 든 것은 본래의 것보다 3분의 2 정도 길이로 줄어든

창이었다.

"너, 그 검으로 캐터랙트 랜스의 마력에 무슨 짓인가를 했지?"

"음, 좋은 눈을 가지고 있구면."

그렇다, 제라르가 가진 마검 다인슬레이브는 도신으로 마력을 모조리 빨아들이는 부가 효과가 있다.

스치기라도 하면 MP가 몽땅 빨려, 다인슬레이브의 공격력에 가산되는 사기급 성능이다. 대장 기술로 벼려내다가 나도 마력을 홀랑 빨렸으니 틀림없다. 흡수한 마력은 다시 방출할 수도 있기에 보통 마력을 쓰지 않는 제라르의 전략 폭도 넓어질 것이다. 클로토의 흡수 스킬과 비슷하지만 클로토의 흡수는 거대한 몸을 활용해 넓은 범위에 지속적으로 하는 것이고, 다인슬레이브는 단일 개체에 대해 순간적으로 하는 것이라는, 이런 차이가 있는 정도일까. 애드의 캐터랙트 랜스가 짧아진 것도 이 검으로 여러 번 베어 창에 내장된 마력을 빼앗았기 때문이다.

"그 정도로 실력이 있으면서 악인으로 전락하다니, 유감스럽구면."

"크크, 이 몸은 오로지 전투에 바쳤다. 전투를 바란 결과 환경이 이렇게 된 것에 지나지 않아. 그 덕분에 너희들 같은 강자와 만날 수 있었다. 역시 이 길은 잘못 온 게 아니었어."

"그런가…. 그렇다면 긴 말은 하지 않겠다. 이걸로 끝이다."

한 번의 번뜩임. 제라르가 힘 조절 없이, 온 힘을 다한 일격. 지금까지 조금이나마 반응할 수 있었던 애드도 이 공격에는 전혀 저항하지 못하고 기절해버렸다.

"칼등으로 쳤다. 마력은 텅 비었겠지만 목숨을 건졌으니 다행이지."

A급에 버금갈 애드의 갑옷이 눌려 찌부러졌다. 칼등으로 쳤다지만 육체도 무사하지는 않을 것이다.

"마, 말도 안 돼… 애드는 파티 최고의 전투력을 지녔다고?! 그런데 이렇게 쉽게…!"

"그러니까 말했잖아. 이건 싸움이 아니라 징벌이야. 처음부터 너희에게 승산은 없어."

크리스토프의 양발에 레디언스 랜서를 던졌다.

"꺄, 꺄아아악?!"

성스러운 빛의 창이 목표대로 양발을 꿰뚫어, 지면에 꽂아 고정했다.

"너, 너 이 자식! 트라이센의 영웅인 우리에게 이런 짓을 하고도 무사할 것 같나?!"

"무사할 수 없겠지. 트라이센 공인 모험자인 너희에게 무슨 짓이라도 하면 국가 간의 외교 문제로 발전하겠지. 확실한 증거가 없으면 모험자도 예외가 아니야."

"그걸 알면서, 왜…."

"왜냐고? 영웅도 나쁜 짓을 하면 범죄자잖아? 그런 건 어린애라도 알 거야. 설마 몰랐어?"

"아냐! 내 말은…."

"뭐, 자잘한 건 됐잖아. 시간은 '아직' 있어. 그때까지 징벌은 계속될 거라고."

얼굴이 창백한 크리스토프에게 나는 세 번째 레디언스 랜서를 던졌다.

◇　　◇　　◇

크리스토프 일행에게 벌을 주기 시작한 지 한 시간이 흘렀다. 프리슬라를 안은 세라도 방으로 돌아왔다. 세라의 징벌은 상당히 가혹했는지, 프리슬라는 안긴 채로 꿈쩍도 하지 않는다. 방에 굴러다니던 크리스토프와 애드도 마찬가지다. 하지만 괜찮다. 육체의 상처는 내 백마법으로 완전히 회복했다. 만에 하나라도 죽지는 않을 것이다. 징벌도 확실히 조절해가면서 했으니까. 그리고 이 안에서 대화는 최대한 생각으로 나누기로 했다. 만약 자는 척하고 대화 내용을 엿들으면 귀찮아지기 때문이다. 말없이 무언가를 기다리는 우리를 꺼림칙하게 생각할지도 모르지만, 그런다고 무슨 상관이 있으랴.

『슬슬 도착할 때가 됐는데 말이야….』

『기다리기만 하기 지루하네….』

『저와 교대해서 망을 보시겠어요?』

『귀찮아! 망보기는 에필에게 맡길게.』

『스킬로는 세라 씨가 더 적임자인데요….』

『그럼 내가 대신하겠다. 슬슬 에필도 피곤할 테니.』

제라르가 일어나려고 한 순간, 아지트 전역에 쳐두었던 기척 감지에 네 명이 걸린다. 사람 수가 딱 맞으니 아마 용사 4인조일 것이다.

『왔군.』

『왔네.』

나와 세라는 마주 보고 고개를 끄덕인 다음 제라르와 에필, 잡혀 있던 사람들을 지키는 클로토에게 정보를 전달했다. 잡혀 있던 사람들에게는 클로토가 조련된 부하라고 말해두었으니, 적 몬스터가 아니라는 사실을 용사에게 가르쳐줄 것이다. 설령 공격받는다 해도 스테이터스 대부분을 할당한 분신체 클로토라면 여유롭게 도망칠 수 있다. 아지트 입구에서 이 방까지 가로막는 사람은 없을 것이다. 여기까지 오는 데에 그리 오랜 시간은 걸리지 않겠지.

『좋… 아, 그럼 용사를 맞이할 준비를 할까.』

미스트의 도움 요청을 쾌히 승낙한 토우야 일행은 얻은 정보로 흑풍의 아지트를 발견해서 무사히 침입하는 데 성공했다. 애초에 문제의 흑풍은 이미 전멸했기 때문에, 침입에 실패할 여지가 없었지만.

"…저기, 좀 이상하지 않아? 아까부터 아무도 안 보이잖아? 미스트 씨는 A급 모험자들이 먼저 들어갔다고 했었지? 장소를 착각한 건가?"

신중하게 나가고 있긴 해도, 흑풍은 물론 사로잡힌 사람들의 모습도 보이지 않자 나나는 이상하게 생각되었다.

"아니, 주위도 확인했지만 수상한 장소는 이 건물뿐이었어. 세츠나, 얼마 전에 습득한 기척 감지로 뭔가 느껴지지 않아?"

"아직 스킬 랭크가 낮은데…. 조금 더 안쪽으로 가면 여러 명이

한데 모여 있어. 그보다 더 안쪽까지는 아직 모르겠어. 좀 더 들어가면 느껴지겠지만."

"그럼 일단은 인기척이 있는 장소로 향하자. 어쩌면 사로잡힌 사람을 발견할지도 몰라."

"찬성."

토우야의 제안에 미야비가 찬성했다.

"이 장소, 역시 이상해. 전투한 흔적도 보이지 않고 시체도 없어. 상황을 파악하려면 사람을 찾는 게 최우선이야."

"그래, 그럼 내가 앞서 갈게. 다들 경계를 소홀히 하지 마."

세츠나를 선두로 용사 일행은 세츠나가 유일하게 기척을 느낀 장소로 향했다. 함정도 조심해가면서 들어갔는데, 이상하게도 발견한 함정들은 이미 해제되어 있었다. 적도 없고, 가로막는 함정도 없다. 그런 상황이었기에 토우야 일행의 진행은 몹시 순조로웠다. 별다른 고생도 없이 목적지에 도착해버릴 정도로.

"…도착해버렸네."

"이렇게까지 아무것도 없으면 오히려 불안해지네…. 위험 감지도 아무 반응이 없고…."

"하지만 갈 수밖에 없어. 내가 앞장설게. 다들 엄호 부탁해."

"여자는 배짱이지. 일단 가보는 거야."

"난 남자인데…."

토우야가 기운차게 문을 열고 돌입했다. 우선 시야에 들어온 것은 흑풍에 시로잡혀 있었던 것 같은 여자들이었다. 다행히도 다친 데는 없어 보인다. 갑자기 문을 연 토우야를 보고 대부분 놀란 모양이다.

"놀라게 해서 미안해! 우리는 너희를 구하러….."

토우야는 사과하려다가 어떤 것을 목격했다. 높이는 무릎 아래쯤 까지밖에 되지 않는다. 작아서 그런지 먼저 알아차리지 못했다.

…거기에는 거뭇거뭇한 슬라임 한 마리가 있었다.

"몬스터?! 젠장, 다들 엎드려!"

토우야는 슬라임을 적으로 인식하고서 공격하려고 검을 들어 올렸다. 그 검은 델라미스의 정점에 군림하는 교황이 하사한, 역대 용사들이 사용한 '성검 윌'. 사용자의 의지력과 공명해서 강화되어, 오랫동안 용사를 고난에서 구했다는 전설의 검. 한 번 휘두를 때마다 필살의 위력을 자랑했다. 하지만 성검 윌은 내리쳐지지 않았다.

"아, 안 돼!"

"으악!"

서로 바싹 달라붙어 있던 여성들 중 한·여자아이가 슬라임 앞으로 뛰어나온다. 여자아이의 갑작스러운 행동에 토우야는 검을 멈추었다.

"이 애는 우리를 구해준 오빠의 펫이야! 괴롭히면 안 된다고!"

"오, 오빠?!"

당황한 토우야의 모습도 아랑곳없이 흥흥 하며 귀여운 소리로 화를 내는 소녀. 어머니로 보이는 여성이 그 소녀에게 달려온다.

"죄송해요. 이 애가 우리를 구해준 모험자님의 완전한 팬이 되어 버려서요…. 그쪽 슬라임도 모험자님의 일행이라서, 생각 없이 달려 나와버렸네요."

"그, 그랬나…. 미안, 내가 잘못했어."

토우야는 쪼그려 앉아 여자아이에게 사과했지만 아이는 "우…!"

하고 적의를 드러내며 노려보았다. 무슨 일인가 하고 세츠나와 다른 친구들도 방에 들어왔다.

"류카, 그럼 못써. 음, 당신들은 모험자님의 동료인가요?"

"그래, 우리는…."

"토우야, 용사라는 건 숨기는 게…."

"델라미스의 용사입니다."

"뭐, 뭐라고요?! 용사님?!"

세츠나의 충고는 늘 그랬듯 한발 늦게 여성들의 새된 함성에 지워진다. 여성진 사이에서 시달리는 토우야를 보며 뒤에서 관자놀이를 눌렀다. 몇 분 후, 겨우 사태가 수습된다.

"칸자키 군, 저 슬라임과 얘기를 해봤는데, 잡힌 여자들을 지키라고 지시받았나 봐. 모험자들은 흑풍 보스를 쓰러트리러 가장 안쪽으로 들어갔대. 여기는 자기가 지킬 테니 우리도 보스를 쓰러트리는 걸 도와달라는데."

나나는 고유 스킬 '동물 대화'를 사용해 슬라임에게서 이야기를 들었다.

"나나 같은 조련사가 파티에 있나. 슬라임을 사역하다니 신기하네…."

"중요한 건 그게 아니잖아. 문제는 앞으로 어떻게 할지야."

"함께 탈출했다? 모험자를 돕는다? 어느 쪽?"

"저도 부탁드립니다. A급 모험자님이라 해도 흑풍 간부를 이길 수 있다는 보장은 없습니다. 부디, 도우러 가주실 수 없을까요?"

"어… 오빠한텐 도움 같은 거 필요 없는걸! 게다가 난 오빠랑 같이 가고 싶어!"

여자아이의 어머니는 깊이 머리를 숙이고 모험자를 도와달라고 애원했다. 물론 사람 좋은 토우야는 거절할 리가 없었고….

"알았어! 우리에게 맡겨줘!"

곧바로 그렇게 대답했다.

"…훌륭할 정도로 아무것도 없었네."

"이 정도면 반대로 함정이 아닐까 의심하고 싶어져…. 먼저 들어간 모험자가 쓰러트렸다 쳐도, 왜 쓰러져 있는 흑풍이 한 명도 없는 거야…."

지금까지와 완전히 똑같이, 적과 마주치는 일 없이 제일 안쪽 보스의 방에 도착해버렸다.

"기척은?"

"…방 안에 일곱 명, 간부와 모험자일까. 모험자는 세 명이라고 미스트 씨가 그랬지. 혹시 열세일지도."

"그럼 빨리 도와주자!"

토우야가 돌입했다.

"이, 이 바보! 또 생각 없이!"

세츠나가 곧바로, 한 박자 뒤에 나나와 미야비가 따라간다. 세츠나가 방에 들어감과 동시에 토우야가 외쳤다.

"그 검을 내려라!"

세츠나는 토우야가 바라보는 쪽을 본다. 거기에는 모험자 같은 차림새의 세 명이 지면에 쓰러져 있다. 그리고 그 세 명을 처치하기 위해 대검을 치켜든 칠흑의 큰 갑옷. 안쪽 의자에는 검은 로브를 입은 남자가 앉아 있고, 양옆에는 메이드와 군복을 입은 여자가 있었다. 양쪽 다 색조가 검은색 위주의 복장이다. 토우야가 외치자 방에 있던 전원이 이쪽으로 고개를 돌리고, 검은 로브의 남자가 전원을 대표하듯 말을 던진다.

"너희는 뭐지?"

검은 로브를 입은 남자의 질문에 토우야는 한 걸음 앞으로 나아가 대답하려고 했다. 지난번처럼 세츠나가 토우야를 말리려고 했지만….

"우리는 델라미스의 용사다!"

그녀는 분명히 빠른 편인데, 토우야를 막을 확률은 그다지 높지 않은 편이다.

"또, 또 중요한 정보를 줄줄…!"

"진정해, 세츠나!"

방금 전에 만난 적으로 보이는 상대에게 쉽게 신분을 밝히고 마는 토우야. 세츠나는 이마에 혈관을 약간 돌출시키며 방의 상황을 확인했다.

'쓰러진 세 명은 아마 먼저 간 A급 모험자. 검은 복장의 네 명은 흑풍의 간부겠지. 상황을 보아하니 최후의 일격을 날리기 직전. 조금만 더 늦었다면 위험했어. 그 여자아이가 슬퍼할 거야.'

"델라미스의 용사…? 무녀가 소환했다는 그 용사 말인가?"

"그래! 도저단 '흑풍', 너희를 토벌하러 왔다!"

토우야가 검은 로브에게 검을 향했다.

"……? 아, 원군이라는 거로군. 하지만 이미 끝났어. 제라르."

남자가 신호를 보내자 흑기사는 확인한 뒤 쓰러진 세 명에게로 돌아선다. 그 순간.

"요, 용사님! 살려줘, 이대로 있다간 살해당할 거라고!"

"으, 으으…. 이 사람들, 내 몸을 희롱했어…! 부탁이야, 원수를 갚아줘…!"

모험자 남자와 여자가 벌떡 일어나 도움을 청했다.

"역시 기절한 척하고 있었나…. 생각보다 건강하잖아. 하지만 그렇게까지 하다니, A급 모험자의 위엄이고 뭐고 없군."

검은 로브가 고개를 저으며 어이없어했다.

"하지만 도움을 청할 상대를 잘못 짚었어. 여기엔 너희를 도울 녀석은…."

"우오오오오오!"

"……!"

토우야가 말을 가로막고 검은 로브에게 달려든다. 세츠나만큼 빠르지는 않지만 간격이 한순간에 좁아진다. 몇 걸음이면 검은 로브에게 도착할 상황에 그것이 갑자기 나타났다.

챙강!

"큭!"

막아선 것은 모험자에게 검을 들이대고 있던 흑기사. 순백의 성검을 칠흑의 마검이 받아내 서로 교차해서 미는 형태가 된다. 토우야는 양손으로 검을 들고서 힘을 주고 있지만, 흑기사는 유유히 한손으로 막고 있는데도 힘이 균형을 이룬다.

"이봐 이봐, 무슨 짓이야? 갑자기 칼을 들고 달려들다니…."

"시끄러워! 그 사람들을 놓아줘!"

"…점점 더 무슨 소리인지 모르겠군. 뭐야, 우린 정당방위에 나서면 돼?"

검은 로브를 포함한 안쪽 세 명은 초조한 기색이 없다.

'젠장! 이 녀석, 힘이 심상치 않아. 게다가 이렇게 큰 갑옷을 입고 있으면서도 나보다 빨라!'

서서히 검에서 느껴지는 압력이 강해진다. 균형은 벌써 무너지려 하고 있었다.

"멋대로 나서지 마! 이 바보!"

뒤에서 들리는 소꿉친구의 목소리. 도와주러 달려온 세츠나가 애도를 뽑아 흑기사에게 신속히 일본도를 휘둘렀다. 흑기사는 토우야의 성검을 몹시 쉽게 뿌리치고, 종이 한 장 차이로 세츠나의 발도술을 피했다.

"이참에 물러나자!"

"무슨 소리야. 어떻게 여기서 물러나!"

"조금은 상황을 파악해, 이 정의밖에 모르는 바보야!"

세츠나는 토우야의 목덜미를 잡아 역시 질풍처럼 방 입구로 물러난다. 다행히 적은 추격하지 않았다. 무사히 동료에게로 돌아오는 데 성공했다.

"어서 와. 흑기사의 저 커다란 검, 뭔가 정체 모를 마력이 느껴져. 검은 로브의 마력은 바닥을 모르겠어. 아마 나 이상일 거야. 조심해야 해."

훌륭히 생환한 두 명에게 미야비가 축복을 보내며 흔치 않게도 진지한 목소리로 주의를 촉구했다.

"괘, 괜찮아? 혼자 달려가면 안 돼, 칸자키 군. 평소처럼 연계하지 않으면 제 힘을 다 발휘할 수 없다고."

나나가 회복마법을 왼다. 많이 걱정했는지 눈에 눈물이 고여 있었다.

"그래. 저 사람들을 구하고 싶다면서? 머리 좀 식혀!"

그리고 마지막으로 세츠나가 주의를 환기했다.

"…미안해, 머리에 피가 몰렸어. 다들 나에게 힘을 빌려줘. 저 녀석들을 쓰러트리고 모험자를 구하자!"

세 명은 동시에 고개를 끄덕인다. 토우야의 마음에 이제 초조함은 없다. 상대는 자신들보다 몇 단계 위의 실력자. 하지만 아무 죄도 없는 사람들을 납치한 용서할 수 없는 악인. 용사로 선택된 우리에게 이들을 놓친다는 선택지는 없다.

"음, 이제 됐나?"

"꽤 상냥하잖아. 아무것도 하지 않고 기다려주다니."

"별로 용사님과 대립하고 싶은 게 아니니까. 그대로 돌아가도 상관없는데."

얕보고 있다. 하지만 지금은 그게 낫다. 상대가 이쪽을 경계할 때보다 얕볼 때 승률은 높아진다. 그게 빈틈으로 이어지기도 했다.

"그럴 수는 없겠는데. 거기 모험자도 함께 데려가도 된다면 생각해보겠지만."

"그거야말로 안 되겠어. 이 세 명은 우리 시낭감이야. 용사님은 하이에나를 좋아하시나 보지?"

"…교섭 결렬이로군."

세츠나가 검을 칼집에 넣고 자세를 잡는다. 그 모습은 훈련을 받지 않은 사람이 보기에도 아름답고, 나날이 단련을 게을리 하지 않았다는 증거이기도 했다. 토우야, 나나, 미야비도 전투태세에 들어간다.

"헤에."

검은 로브는 흥미롭게, 그리고 만족스럽게 용사들을 관찰하고 있었다.

"그럼, 하나 질문해볼까. 너희는 우리가 뭐라고 생각하는 거지?"

"뻔하잖아. 도적단 '흑풍'의 간부 아냐? 1년 전에 해체된 척한 것 같지만, 마무리가 허술했군. 거기 있는 모험자들의 용기가 너희의 악행을 폭로했어. 얌전히 포기하는 게 좋을걸!"

"흑풍은 검은 복장을 좋아했다고 들었어요. 그 특징도 당신들과 일치하죠."

"무엇보다도 그 웃음, 말도 안 되게 흉포해. 어느 모로 보나 악인."

"?!"

미야비의 말에 검은 로브가 동요! …한 것을 세츠나는 한순간 본 것 같았다.

'착각이겠지?'

입가를 가리는 검은 로브가 수상쩍어서, 세츠나는 눈을 반짝이며 그 거동을 지켜본다.

"그러냐. 뭐, 타당한 판단일지도. 게다가 용사님이 모처럼 부탁하시니 게임을 하나 해볼까."

"게임이라고?"

적의 생각지도 못한 제안에 네 명은 더욱 경계했다.

"이제부터 나 한 명과 너희 네 명이 모의전을 하자. 당연히 내 동료들은 끼어들지 않을 거야. 너희의 공격으로 내가 대미지를 입으면 그쪽의 승리. 반대로 전부 전투 불능 상태가 되면 너희의 패배야. 상대를 죽일 수는 없음. 상대를 죽이는 시점에 죽인 측의 패배라는 규칙은 어때?"

그 제안에 옆에 있는 메이드가 눈을 조금 가늘게 뜨고, 군복을 입은 여자가 요란한 반응을 보였다. 뭔가 불만이 있는 것 같은데, 이상하게도 이쪽에 목소리는 들리지 않았다.

"우리에게 상당히 유리한 게임이잖아. 뭔가 속셈이 있는 것 아니야?"

"속셈 따위 없는 순수한 게임이야. 용사를 죽이면 큰 문제가 될 테고. 나도 그러는 게 좋아. 아까도 말했지만, 미리 포기해도 돼."

"…뭘 걸 건데?"

"흐음… 승자의 명령을 뭐든지 하나 들어주는 건 어때? 단순하고 알기 쉽잖아. 이 녀석들을 풀어줄 수도 있고, 우리를 잡는 것도 가능해."

"가령 이긴다 치고, 서로 약속을 지킬 필요가 어디 있지?"

"너희는 용사잖아? 그럼 약속을 지키는 게 당연하지. 그렇지 않으면 용사가 아니니까."

"…그래."

토우야가 기볍게 고개를 끄덕인다.

"나는, 그래…. 서약서라도 쓸까. 이래 봬도 우리는 모험자야. 만약 우리가 약속을 지키지 않았을 경우, 이 서약서를 모험자 길드로 가져가면 돼. 약속을 깼을 때에는 길드에서 추방당하는 것으로 적어두지. 잠깐만 기다려."

검은 로브는 메이드에게서 펜과 종이를 받아 슥슥 문자를 적는다.

"이제 됐어. 자, 내용을 잘 확인해봐."

검은 로브가 서약서 역할을 하는 종이를 던졌다. 종이는 어디선가 불어온 바람을 타고 팔락팔락 토우야의 손에 전해졌다.

"…이거, 서약서로서 효력이 있나?"

"서약서에 저 사람의 마력이 담겨 있어. 이 종이도 희귀한 매직 아이템. 아마 진짜일 거야."

"미야비가 그렇게 말했다면 진짜겠지. 좋아, 그 게임, 받아들이겠어!"

그 목소리에 모험자 남녀가 환성을 지른다. 한편 검은 로브가 또 웃음을 띤 것을 세츠나는 본 것 같았다.

설마, 이렇게까지 일이 잘 돌아갈 줄은 몰랐다. 트라이센의 영웅이라 일컬어지는 크리스토프와의 전투가 아무래도 부족했던 우리는 용사들이 오는 동안 약간의 덫을 걸어두었다. 덫이라지만 별것 아니다. 조금 착각하기 쉬운 상황을 연출한 것뿐이다. 우리를 흑풍이라고 생각하게 될 상황을. 크리스토프 일행이 도움을 청함으로써 지원 사격을 해준 것은 예상 밖이었지만, 결과적으로 좋은 방향으로 상황이 움직여주었다. 이걸로 내 전투 욕구가 조금은 채워질 테고, 승자의 권한으로 용사가 이번 사건의 증인이 되면 크리스토프 일행도 트라이센의 뒷받침을 잃고 감옥행이다. 그야말로 일석이조의 작전이다. 참고로 장소는 훈련장으로 보이는 비교적 널찍한 방으로 옮겼다.

『잠깐, 왜 켈빈이 혼자 싸우게 된 건데?! 나도 싸우고 싶었는데!』

세라는 나 혼자 싸운다는 게임 내용에 불만이 있는 것 같다. 부하 네트워크로 말을 거는 걸 보니 그나마 다행이지만, 나를 있는 대로 노려보고 있었다.

『세라는 요즘 충분히 설쳤잖아. 슬슬 나도 마음껏 기분 전환을 하고 싶다고. 게다가 4대4면 승부가 안 돼.』

『뭐야… 기대했는데!』

『저도 주인님 혼자 싸우시는 것은 찬성하기 어렵습니다. 주인님은 확실히 뛰어나게 강하시지만 보통은 후열에서 싸우시는 입장이십니다. 저 용사 수준의 파티가 상대이면 위험하지 않을까요?』

『그래, 그러니까 날 내보내.』

에필이 흔치 않게 나에게 반대했다. 하지만 그것도 내 안부를 걱정해서 하는 말이리라. 한편 세라는 자기 욕망에 충실하게 말했다.

『이 게임은 나 혼자 싸울 때의 단점인, 집단과 접근전을 할 때의 상황을 테스트하기 위한 것이기도 해. 그러기 위해 여러 가지로 장비도 갖추고 왔어. 그러니 에필, 세라, 지금은 내가 가게 해줘. 다음에 꼭 만회할 테니까.』

제일 큰 이유는 용사와 제대로 싸울 수 있기 때문이지만. 저 녀석의 스킬도 접해보고 싶고.

『그렇다면 저는 주인님의 의향을 따르겠습니다. 아, 그리고, 만회는 또 과자 가게에….』

『과자 가게?! 뭐야, 그거. 맛있겠다!』

좋아, 세라의 흥미가 다른 쪽으로 향했다. 과자 가게에 갈 때에는 또 에필에게 흰 원피스를 입히자. 응, 그렇게 하자. 뭔가 의욕이 치솟는데.

『그러고 보니 제라르, 나 또 이상하게 웃고 있었어?』

『음, 용사가 공격했을 무렵부터 계속 그랬다.』

『진짜? 몰랐어. 그렇게 흉포한 표정이었나?』

은근히 쇼크받았다고, 용사 놈.

『대단히 멋진 웃음이었습니다.』

『나는 악마적으로 멋있다고 생각해!』

『…뭐, 감성은 사람마다 다르지 않으냐.』

『그, 그런가?』

뭐야, 생각보다 반응이 괜찮네. 저 은발 용사, 심리전을 감행하다니 제법이다. 정신 바짝 차려야 할지도 모르겠는걸. 그럼 슬슬 시간이 됐다. 준비를 하라고 시간을 몇 분 줬는데, 회복과 보조마법은 다 걸었을까?

"빛의 요정, 나에게 힘을 빌려다오!"

"바람의 요정, 보조를 부탁해."

"물의 요정아, 잘 부탁해."

"적당히 힘내."

용사를 보니 네 명의 주위를 색색의 빛의 공이 빙글빙글 돌고 있었다.

"헤에, 이게 요정의 가호인가."

"…이 가호를 알고 있나?"

"아니, 처음 봤어. 가호를 가진 사람은 드무니까. 가호가 없는 나는 부러울 정도야."

메르피나를 소환하는 데 성공하면 받을 예정이지만 말이지. 빨리 의체로 돌아와, 메르피나 선생님!

"우리 준비는 끝났어. 언제 시작해도 좋아."

"오케이. 필드는 이 방 일대. 모험자는 내 동료가 지킬 테니 마음껏 공격해줘. 그래, 신호는… 이 동전이 지면에 떨어지면 개시."

품(극소형 분신체 클로토) 안의 보관에서 동전을 꺼내 용사에게 보여준다.

"알았어."

"공평을 기하기 위해 모험자에게 던져달라고 할까. 뭐, 이런 것에 공평이고 뭐고 없겠지만. …자, 너희 운명을 정하는 동전이야. 신중하게 던지라고."

도망치지 말라고 일단 못을 박아둔다. 크리스토프와 프리슬라는 고개를 끄덕끄덕 주억거린다. 애드는 아직 회복하지 못했는지 여전히 쓰러져 있었다.

"그럼 시작할까."

"다들 작전대로 가자."

"""오케이."""

크리스토프가 떨리는 손으로 동전을 던진다. 딱 나와 용사 한가운데에 떨어진 동전이 전투 개시를 알리는 높다란 소리를 방 안에 울린다.

"세츠나, 가자!"

"그래!"

처음부터 예상했던 대로, 앞쪽에서 싸우는 클래스로 보이는 소년과 일본도를 든 소녀가 달려온다. 마법사가 상대일 때 거리를 좁히는 것은 정석, 하물며 지금은 나를 지키는 벽 역할을 하는 것도 없다. 바른 판단이다.

"나와라, 문!"

후방의 나나가 등에 멘 가방에서 뭔가가 튀어나왔다.

"이건… 드래곤!"

"갸아!"

박력이 부족한 포효. 아직 작은 아이 같지만 그것은 틀림없는 드래곤이었다.

"플레임 브레스(화룡의 숨결)!"

어린 용은 숨을 들이마시고 배를 부풀리더니 다음 순간, 불꽃의 브레스를 나를 향해 토해냈다. 하지만 그곳에 이미 나는 없었다.

"나도….."

"미안, 생각보다 좀 버거울 것 같아서. 먼저 빌린다."

마법을 외려는 은발 소녀의 머리에 손을 올렸다.

"…뭐?"

소녀가 눈을 크게 떴다. A급 녹마법 '소닉 액셀러레이트(풍신각, 風神脚)'. 준비 시간에 미리 준비해둔, 민첩을 두 배로 끌어올리는 강화마법. 이것으로 내 민첩은 1000 가까이까지 강화되었다. 용사 파티 중 가장 재빠른 사무라이 소녀를 가볍게 능가하는 수치다. 말 그대로 눈에도 보이지 않을 속도로 정면을 가로질러 간 것이다.

"왜 뒤에?!"

"미야비, 도망쳐!"

자, 이제 제1목적 달성, 그리고 새 장비 시연이다. 안심해라, 대미지는 없다.

"먹어라, 스킬 이터(악식(惡食)의 완갑)."

소녀의 머리에 올려놓은 완갑에서 검은 아우라가 분출했다. 내 새 장비인 스킬 이터는, 세라의 아론다이트와 마찬가지로 빅토르의 소재로 만든 S급 방어구다. 아론다이트 정도의 방어력은 없지만 대신 특수 능력이 있다. 바로 상대를 만져서 임의 스킬을 배우는 카피 능력이다. 배울 수 있는 스킬은 완갑 하나당 하나까지. 이후에는 배울 때마다 이전의 스킬을 잊어버리게 된다. 이 장비의 무시무시한 점은 뭐니 뭐니 해도 고유 스킬도 카피할 수 있는 점이다. 이번에는 오른손의 완갑으로 만졌기 때문에 오른손 쪽의 완갑에 스킬이 새겨졌다.

"잘 빌렸다, '병렬사고(竝列思考)'."

"미야비에게서 떨어져!"

어린 용이 이쪽으로 향했다. 자, 대피, 대피. 온 길과 같은 길로 돌아가도록 하자. 돌아온 소년과 소녀 사이를 빠져나가 개시할 때 있던 장소로 돌아간다.

"큭, 또!"

"오, 조금은 반응했네."

"미야비, 괜찮아?"

사무라이 소녀가 다시 내 쪽을 보고 일본도를 겨누며 소리를 지

른다.

"……? 몸에 이상은 없어."

그야 그렇겠지. 스킬을 카피한 것뿐이니까. 하지만 심리전을 당한 보복을 겸해 불안하게 만들어두도록 하자. 아까와 같은 웃음을 띠며 말해주었다.

"괜찮아, 아무 짓도 안 했어."

"…토우야, 나 이제 틀렸나 봐."

그렇게까지 절망적인 표정을 지을 줄은 몰랐는데요.

"미야비?! 젠장, 나나는 미야비를 회복시키는 데 전념해줘! 너, 미야비한테 무슨 짓을 한 거야?!"

"으윽…."

은발 소녀는 좌절한 듯 주저앉아 있다. 아니, 정말로 그녀에게 해를 입히는 행위는 하지 않았는데. 귀찮으니까 이대로 그냥 진행할까. 그런 생각을 하면서 그녀에게서 카피한 '병렬사고'를 시험해보았다. 정신을 용사에게 돌리고 한편으로 마법을 짠다. 내 정신이 마치 두 개 있는 것처럼 정보를 처리할 수 있다. 이걸 쓰면 더 여러 가지 일도 동시에 할 수 있을 것 같다.

"미야비, 괜찮아?! 라이트힐(대회복)!"

"…괜찮아, 외상은 없어. 하지만 효과가 뒤늦게 발휘될 가능성이 있어. 방심하면 안 돼."

나나의 백마법을 받은 미야비가 일어나려고 했다.

"…말해두지만 지금은 전투 중이거든? 연극은 다른 데서 해."

나는 후방의 두 명 각각에게 레디언스 랜서를 곧바로 쏘았다. 예비 동작도 없이 쏜 빛의 창 두 개는 빠른 속도로 무방비한 두 명에게 달려들었다.

"어딜!"

"하앗!"

용사와 사무라이 소녀가 성검과 일본도로 레디언스 랜서를 막으며 그대로 이쪽으로 달려왔다. 그래도 용사이니 그 정도는 할 수 있군. 하지만 그래서야 아까와 똑같은걸? 내가 그렇게 생각하며 다시 속도로 압도하려고 한 그때, 흰 빛의 공이 갑자기 눈앞에 떠올랐다.

"지금이야!"

다음 순간, 흰 공은 눈이 부실 정도로 강한 빛을 뿜었다. 그런 빛을 눈앞에서 맞은 나는 시력을 빼앗겼다. 이건 용사의 요정인가. 아무래도 요정은 기척 감지에 걸리지 않는 모양이다. 어느 틈엔가 요정만 이동시켜 나에게 들키지 않도록 눈을 못 뜨게 할 속셈이었나. 꽤 좋은 작전이잖아.

"아다만 램퍼트(절애흑성벽, 絶崖黑城壁)."

용사가 다가오는 것을 기척 감지로 느끼고 지면에서 단단한 흑벽(黑壁)을 큰 소리로 출현시킨다. 흑벽은 방 절반을 갈라 용사들을 막는 것 같은 위치에 나타났다. 이 A급 녹마법 '아다만 램퍼트'는 어스 램퍼트의 완전 상위 호환 마법. 세라가 있는 힘을 다해 날린 주먹도 몇 발이나마 버틸 만한 강도다….

"세츠나!"

"알아! '참철권'을 행사하겠어!"

쿠우우웅…!

…그런데, 뭔가 벽이 무너지는 소리가 들린다. 진짜냐, 저걸 벤거야? 저 세츠나라는 사무라이 소녀가 가진 고유 스킬 '참철권'은

특히 경계하고 있었는데, 그 이름대로 대상의 레벨이나 강도와 상관없이 벨 수 있는 권리인 것일까. 그렇다면 그녀의 공격을 지팡이나 완갑으로 막을 수는 없으므로, 회피에 전념해야한다. 일단 백마법으로 눈을 치유해둬야지.

"블라인드 큐어(암청, 暗晴)."

시야를 확보한 뒤 다시 상황을 확인. 용사와 세츠나는 벽을 넘어 몇 초만 있으면 나에게 도착할 것이다. 미야비는 마법 영창에 들어갔고, 나나는 어린 용에게 뭔가 지시를 내리고 있는 것 같다. 각각의 요정들도 이번에는 제대로 주인 주위에 있군. 이것도 병렬사고의 효과인지 상황을 손바닥 보듯 또렷하게 알 수 있다.

"일격이라도 맞으면 우리의 승리야! 가자!"

"맞는다면 그렇겠지. 모쪼록 즐겁게 해달라고!"

이대로 접근전에 나설 줄 알았던 두 용사는 나와 부딪치기 직전에 좌우 양쪽으로 갈라졌다. 그 직후, 허공에 대기하고 있던 어린 용이 두 사람 사이의 공간, 즉 나를 향해 플레임 브레스를 뿜는다. 그렇군, 좌우로 갈라져서 나를 사이에 끼고 공격하고, 앞쪽에서는 드래곤의 브레스와 미야비의 마법을 쏘겠다는 심산인가.

나는 바로 임팩트로 플레임 브레스를 상쇄하고 그 여파로 어린 용을 뒤쪽으로 날렸다. 다음에는 드디어 용사와의 접근전이다. 부탁한다, 병렬사고. 똑똑히 작용해줘. 품에 숨겨둔 단검을 오른손에 들고 사현노수의 지팡이와 함께 용사를 기다렸다.

···채앵!

토우야의 첫 일격을 단검으로 막아 뿌리친다. 아무리 S급 성검이라 해도 볼텍스 에지를 걸어 내가 만들어낸 이 단검은 쉽게 파괴되지 않는다. 나 자신도 검술 스킬을 슬쩍 C급까지 취득해두었다. 하지만 토우야와 세츠나의 검술 스킬은 S급과 A급, 아직 검을 다룬 경험이 별로 없고 벼락치기를 한 나에게 접근전은 위협적이다. 하지만 말이지, 바로 그렇기 때문에 의미가 있는 거라고.

"……!"

이어지는 세츠나의 일본도는 특히 주의해야 했다. 어떤 의미에서 검술 S급인 토우야보다 무서운 상대이기 때문이다. '참철권'에 발동 조건이 있는지는 모르겠지만, 그렇다고 내 몸으로 확인해볼 수도 없다. 이건 무조건 피하는 데 전념하자. 용사를 압도하는 속도의 어드밴티지를 최대한으로 발휘하고, 위험 감지를 병렬사고로 여러 겹 둘러쳐서 두 사람의 맹공을 버텼다. 마법사에게 절망적으로 불리한 상황. 하지만 나는 지금 이 상황을 진심으로 즐기고 있었다.

"…켈빈, 무지 즐거워 보이네."

"네. 역시 주인님은 이 순간이 가장 빛납니다."

에필과 세라, 크리스토프 일행을 감시하는 제라르는 완전히 관전 모드였다.

"나와 세라가 한껏 상대해줬지 않으냐, 저 정도는 당연하다."

"약점을 극복하겠다고 했는데, 틀림없이 자기도 직접 싸우고 싶어서 저러는 거겠지. 뭐, 켈빈은 그쪽 재능도 있는 것 같고, 나도 즐거우니까 됐지만."

"트라지까지 여행하는 중 캠프를 할 때마다 근접전 지도를 받으셨으니까요. 음식도 평소보다 많이 드셔서 기뻤습니다."

"아, 그래. 음식이라는 말을 들으니 말인데, 에필, 그거 가져왔어? 배고픈데 먹어도 돼?"

"가져왔습니다. 주인님도 마음대로 드셔도 된다고 허가하셨습니다."

주인을 걱정하는 기색은 전혀 없이 화기애애하게 떠드는 세 명을 보고 크리스토프는 의아한 표정을 짓는다.

'대체 뭐야, 이 녀석들은?! 보통 용사에게 걸리면 온 힘을 다해 도망치잖아! 그런데 혼자서 상대하려고 하다니, 머리가 돈 녀석들 아니냐고! …아니, 잠깐, 왜 샌드위치를 꺼내는 건데, 피크닉이라도 온 거냐!'

그런 크리스토프는 아랑곳없이 세라와 제라르는 에필이 만든 샌드위치를 우적우적 먹기 시작했다.

"뒤의 용사들이 움직일 것 같네. 켈빈, 바쁜 것 같은데 잘 보이려나? 이 안에 든 고기 맛있네."

"괜찮아요. 주인님도 눈치채고 계십니다. 쿠로가 보관해주었던 아머타이거로 만들어봤습니다. 갑옷 안쪽 고기는 부드럽고 맛있어요."

"음, 너무 맛있어서 뺨이 녹아 떨어질 것 같구먼."

'저, 전혀 걱정을 안 하잖아….'

온화하게 관전하는 이들과는 달리 켈빈과 용사들 사이에서는 격렬한 검무가 이어지고 있었다. 심상치 않은 스피드로 세츠나의 일본도를 모두 피해내고, 인간의 수준을 초월한 토우야의 검술을 훌륭하게 받아넘기고 있다. 뿐만 아니라 두 사람이 조금이라도 빈틈을 보이면 단검으로 반격을 시작했다. 마법사가 근접전에서 상대를 압도하기 시작한 이상한 광경이었다. 하지만 세라의 예상대로 전황이 바뀌기 시작했다.

"프로스트 바운드!"

"펠러니 크러시(죄인의 누름돌)."

'……! 지면이 얼어붙어 발이 떨어지지 않는 건가?! 게다가 이 중량감은 에어 프레셔[重風壓] 부류인가!'

미야비의 회복을 마친 나나가 C급 청마법 '프로스트 바운드'로 켈빈의 기동성을 낮추고, 미야비의 C급 흑마법 '펠러니 크러시'로 압박했다. 펠러니 크러시는 켈빈만을 대상으로 하는 방해마법이라 주위의 토우야 일행에게는 효과를 미치지 않는다. 방 저편으로 날아간 어린 용도 전장으로 돌아왔다.

"이걸로 끝이다!"

"이 상황에서 피할 수는 없을걸!"

정확히 동시에 공격을 건 두 사람은….

"클레프트 디토네이션."

…폭발에 휘말렸다.

게임의 결정타가 될 거라고 확신했던 공격은 마법의 폭발로 가로막히고 말았다.

"젠장, 설마 자폭할 줄이야…."

켈빈의 클레프트 디토네이션에 휘말려 하마터면 전투 불능 상태가 될 뻔한 토우야는, 직전에 빛의 요정이 백마법의 방벽을 펼쳐준 덕분에 살았다.

"그래도 대미지는 다 막지 못했나……. 빛의 요정, 조금씩이라도 좋으니 회복을 부탁해. 세츠나, 무사해?!"

"간신히….."

세츠나가 가진 스킬 '천보(天步)', 하늘을 달릴 수 있게 만드는 고등 스킬이다. 바람의 요정이 속력을 보조해주고 이 스킬로 억지로 자기 몸의 궤도를 바꾸어, 세츠나도 마찬가지로 폭발을 피했다.

"둘 다, 무사해?!"

"나나, 아직 방심하지 마. 본격적인 회복은 저 녀석의 상태를 확인한 다음에."

"저 정도로 폭발했으니 무사하진 않을 텐데. 조금이라도 대미지를 입었다면 우리의 승리….."


…짝짝짝.


세츠나의 말을 가로막듯, 피어오르는 흙먼지 속에서 박수가 울린다.

"방금 그 콤비네이션은 꽤 좋았어. 나도 조금 아찔했을 정도야. 앞줄의 두 명이 내 주의를 끌고, 청마법으로 기동력을 빼앗아 발생 속도가 늦은 흑마법의 결점을 보충하다니. 정말이지 이상적이야."

바람이 흙먼지를 털어내고 목소리의 주인이 모습을 드러낸다. 발 디딘 곳이 깨끗한 원형을 남기고 팬 모습이 눈에 들어오고, 거기 선 켈빈은 당연한 것처럼 상처 하나 없었다.

"…노 대미지냐."

"자기 마법으로 게임을 끝낼 리가 없잖아? 이 정도 마법 컨트롤은 당연한 거야."

탁탁 하고 지팡이로 지면을 두드린 켈빈은 다시 용사들 쪽으로 향했다.

"사치스러운 소리를 하자면 후방의 두 사람, 방해마법을 날린 다음 공격마법도 몇 발 날렸으면 좋았을 거야. 느긋하게 회복을 시키다니, 마법을 쓸 시간은 충분히 있었잖아?"

"…마음의 상처가 컸어."

'이 녀석, 아직도 입이 살아 있네.'

"그쪽 포니테일은 그 스킬을 좀 더 공격에 조합하는 게 어떨까? 아끼고 있었는지도 모르지만 공격이 좀 더 날카로워질 텐데. 게다가 용사 군은… 언제가 되어야 이도류를 쓸 생각이지?"

"……! 감정안도 가지고 있었나…. 이건 비장의 카드인데."

토우야는 성검을 지팡이 삼아 일어났다.

"윌, 진정한 모습을 보여라."

토우야의 말에 성검이 반응해서 눈부신 빛을 뿜었다. 그 빛은 이윽고 둘로 나뉘어, 토우야의 양손에는 형태가 완전히 같은 두 개의 성검이 들려 있었다. 성검 윌의 최대의 능력, 그것은 역대 용사에 맞추어 주인이 바라는 모습으로 형태를 바꾼다는 것이다.

"…헤에, 그게 성검의 능력인가."

"솔직히 도적이 이 정도로 강할 줄은 꿈에도 몰랐어. 이대로 계속 싸워봤자 우리가 불리해질 뿐이겠지. 온 힘을 다해 덤비겠어."

토우야 본연의 자세, 실전에서 사용하는 것은 사실 처음이지만 그 모습은 꽤 멋졌다.

"하아, 또 멋대로 결정하다니…. 알았어, 함께 싸워줄게. …아까 한 조언, 후회하게 만들지 마."

세츠나는 일본도를 칼집에 넣고 자세를 바로 했다. 그 자세는 켈빈도 한 번 본 적이 있었다.

"이아이(주1)…… 인가. 이도류도 그렇고, 남자의 마음을 자극하는 걸."

"문은 다 치료했어!"

"큐우큐우."

어린 용은 그 작은 몸으로 힘껏 날갯짓을 하며 켈빈의 상공으로 늠름하게 날아오른다. 조금 전까지의 어린 느낌이 완전히 사라지고, 그 눈에는 사냥감을 노리는 야생이 깃들어 있었다.

"그리고 이쪽 준비도. 프로즌 템플(빙천신전, 氷天神殿)!"

주위 한 면이 갑자기 얼음에 덮이고 고드름이 차례차례 지면에서 솟아오른다. 합계 열 개의 고드름 끝에서 푸른 아우라가 감돌다가, 서서히 그 아우라가 장엄한 푸른 신전을 만들어냈다.

"각오하세요. 이건 제가 쓸 수 있는 마법 중 가장 강력합니다. A급 청마법 '프로즌 템플'. 영역 안에 있는 한 당신은 발뿐만이 아니라 온몸이 얼어붙은 것처럼 움직이지 못하게 될 겁니다. 게다가 보조마법도 발동시킬 수 없게 될 거예요. 지금 항복해요."

"…친절하게 설명해줘서 고마워."

켈빈은 시험 삼아 몸을 움직이려 했지만 그 말대로 움직이지 않는다. 추위는 느껴지지 않고, 조금씩 움직이는 것은 가능할 것 같지만 전투를 할 수는 없을 것이다. 보조마법 금지도 골치 아프다. 지

주1) 이아이: 발도술. 칼을 뽑지 않은 상태에서 재빨리 뽑아 대응하는 공격 기술. 거합(居合), 거합술, 발검 등으로 부름.

금은 아직 소닉 액셀러레이트의 효과가 이어지고 있지만, 언젠가는 끊길 것이다.

"쌓이고 쌓인 원한을 여기서 풀겠어."

"원한이라니, 오늘 처음 만났잖아."

"…분위기를 잡는 건 중요하니까. 그보다 이제부터가 진짜야. 그레이브 데스오거(대흑시귀, 大黑屍鬼)."

미야비의 그림자가 쭈욱 부풀어간다. 입체화한 그림자는 오니⁽ᵃ²⁾의 형상이 되어 미야비 앞에 무릎을 꿇었다. 미야비는 가볍게 오니를 쓰다듬고 그 커다란 어깨에 털썩 앉았다.

"이 아이는 A급 토벌 대상 '적안대귀(赤眼大鬼)'의 시체를 흑마법으로 부활시킨 거야. 당연히 지금도 A급에 해당하지. 이 아이의 파워와 내 마법은 절대무적이야."

어떠냐고 묻는 것처럼 미야비가 콧김을 내뿜는다. 약간 의기양양한 표정이다.

"용사님, 이걸 쓰세요!"

갑자기 전장 밖에서 미야비를 향해 무언가가 던져진다. 던진 사람은 지금까지 상황을 조용히 지켜보던 프리슬라였다. 미야비의 오니는 던져진 그것을 잡았다.

"이건 마력 보석, 그것도 최상급 다이아몬드… 써도 돼?"

"네! 제가 숨겼던 마지막 한 개입니다! 써주세요!(용사가 이겨주지 않으면 내가 죽는다고!)"

미야비는 흘끗 켈빈 쪽을 본다.

"뭐, 써도 돼. 내 동료가 손을 대는 건 금지했지만 거기 모험자에 대해서는 언급하지 않았어."

주2) 오니: 鬼. 사람의 형태에 뿔과 큰 송곳니가 있으며 사람을 잡아먹는다는 일본의 요괴. 흔히 도깨비로 간주되지만 한국의 도깨비와는 다름.

"…당신 마음은 확실히 받았어. 이걸로 꼭 처치할게."

"…일단 말해두는데, 나를 죽여도 너희의 패배거든?"

'이런이런, 이제야 진심으로 비장의 카드들을 꺼냈나. 굼뜬 녀석들이군.'

"어, 혹시 위기야?"

샌드위치를 다 먹은 세라가 전장 밖에서 말을 건다.

"그치, 네가 마력 보석을 저 녀석에게서 찾아내지 못한 탓에 말이지……."

"일부러 그랬어, 일부러. 그 태도를 보니 괜찮겠네."

"전혀 괜찮지 않…."

"글룸 랜서."

미야비가 쏜 새까만 창. 마력 보석으로 강화된 그것은 흑마법답지 않은 빠른 속도로 켈빈을 덮쳤다. 움직이지 않는 몸을 삐걱거리며 소닉 액셀러레이트로 억지로 피했다.

"용사답지 않은 공격이잖아. 움직이지 못하는 상대에게 그런 무시무시한 걸 던지다니."

"연극은 다른 데서나 하라며. 게임에 진 다음 나중에 마음껏 하면 돼."

미야비는 지금까지처럼 장황하게 말하지 않는다.

'좋아, 슬슬 실전에 익숙해졌군.'

미야비와 대화하는 도중에도 뒤에서 토우야와 세츠나가 서서히 간격을 좁혀 다가오고 있는 것을 켈빈은 알아차리고 있었다.

"이것 참, 한 방 먹었군. 그럼 슬슬 게임을 끝내도록 할까."

◇　　　◇　　　◇

먼저 움직인 것은 토우야와 세츠나였다. 단번에 거리를 좁혀 켈빈을 공격했다. 한편 켈빈은 양손을 땅 쪽으로 향하고 있었다.

"일어나라, 아다만 가디언(흑토거신상, 黑土巨神象)."

켈빈의 부름에 응해서 지면에서 출현하는 두 마리 검은 골렘. 그 모습은 제라르를 더 거대하게 만든 것 같은, 전신이 갑옷에 덮인 풍체(風體). 양쪽 다 사람 키만 한 대검을 들고 있고, 거대한 몸과 그 대검이 주위에 위압감을 풍긴다. 녹마법에만 존재하는 골렘 생성계 마법으로 만들어낸 수호자이다. 그 실력은 A급 몬스터에 필적했다.

"30초면 돼. 발을 묶어라."

두 마리 검은 골렘은 주인의 말에 고개를 끄덕이고 각각 용사와 마주했다.

'일단은 귀찮은 저걸 어떻게 해야겠군. 너무 갑작스럽지만 일단 해볼까.'

켈빈이 보는 곳에는 몸을 뜻대로 움직일 수 없게 만드는 원흉인 나나의 프로즌 템플이 있었다.

'손가락 하나하나에 집중… 대상을 인식….'

켈빈이 집중하는 가운데, 용사와 골렘은 전투를 개시했다. 토우야가 선공하는 골렘의 대검을 쌍검으로 맞받아 흘린다. 대검이 쿵 하고 지면 깊이 꽂히고, 균형을 잃는 골렘. 하지만 거기에 두 번째 대검이 날아온다. 토우야는 쌍검을 십자로 단단히 걸고 발이 반쯤 지면에 묻히면서도 아슬아슬하게 칼을 맞댄 채 버틴다.

"윽! 세츠나!"

세츠나는 천보로 허공을 딛고 삼각 점프로 뛰어올라 계속해서 날아오른다. 그 궤도는 예측 불가능하고, 나아가 바람의 요정이 속력을 증강해서 골렘은 세츠나를 막을 방법이 없었다.

"'참철권'을 행사!"

일본도 검집이 창백하게 빛난다. 일본도를 뽑은 것은 눈 깜짝할 사이. 세츠나가 두 마리 골렘을 스쳐갔을 무렵에는 이미 상반신이 땅에 떨어진 뒤였다. 하지만 세츠나의 걸음은 멈추지 않았다. 골렘의 잔해에는 눈길도 주지 않고, 게임의 승리 조건을 향해 질주했다.

'마법 구축, 완료…!'

병렬사고를 이용해서 초고속으로 이루어지는 마법 구축. 켈빈이 행한 것은 새 마법을 만들어내기 위한 술식의 새로운 구축이었다. 보통은 마법을 자아내기 위해 구체적인 이미지를 구축하고, 발동에 필요한 술식을 구축하는 등 돌파해야만 하는 관문이 많고 긴 시간이 필요하다. 그리고 거기에 성공했을 때, 예외 없이 일어나는 현상이 있다.

…뾰롱!

켈빈의 머리에 울리는 효과음. 메뉴 화면이 열린다.

====================================================

◇새로운 마법을 습득했습니다!
• A급 백마법 '레디언스 크로스파이어[煌槍十字砲火]'

====================================================

'아무래도 무사히 인증된 것 같군. 레디언스 랜서를 동시에 영창

하는 건 지금까지 4~5개가 한계였지만 병렬사고 덕분에 잘됐어. 그나저나 이 효과음, 언제 들어도 그 게임이랑 똑같은데… 메르피나의 취미인가? 아니, 지금은 이러고 있을 때가 아니지.'

세츠나는 이미 거의 바로 앞까지 와 있다. 지금 상태에서는 아마도 피해낼 수 없을 것이다. 갑작스럽지만 새 기술을 선보이도록 하자.

"레디언스 크로스파이어!"

켈빈이 내민 모든 손가락에서 번쩍이는 창이 좌우로 크게 우회하며 쏘아졌다. 열 개의 번쩍이는 창은 의지가 있는 것처럼 목표를 정하고 빠른 속도로 나아간다. 위력, 관통력, 유도성이 증가한 레디언스 크로스파이어는 각각이 B급 레디언스 랜서와는 차원이 달랐다.

'목표는, 프로즌 템플의 고드름!'

좌우에서 덮쳐오는 빛의 비가 교차했다. 고드름을 동시에 꿰뚫은 순간, 푸른 신전은 조각조각 난 아우라가 되어 흩어져버렸다. 주먹을 움켜쥔 켈빈은 몸 상태를 확인했다.

'좋아, 온몸을 막는 게 없어졌어. 이제 뜻대로 움직일 수 있어.'

"어, 어떻게 프로즌 템플 공략법을 아는 거지?! 내 오리지널 마법인데…!"

놀란 것을 숨기지 못하고 자기도 모르게 소리를 지르는 나나. 열 개의 고드름이 이룬 프로즌 템플. 그 고드름은 각개격파 했다 해도 마치 환영을 파괴하는 것처럼 계속해서 부활했다. 약점은 단 하나, 고드름을 동시에 파괴하는 것이다. 고드름을 한순간이라도 잃으면 프로즌 템플은 유지할 수 없게 되어 아까처럼 사라져버리는 것이다.

'마법이든 무엇이든, 이 눈에 보이기만 하면 감정안으로 해석할 수 있어. 네가 여유롭게 마법을 설명하는 동안 이미 그 마법은 다 분석해두었지. 자, 그럼….'

족쇄가 풀려 소닉 액셀러레이트를 발동시킨 켈빈이 그대로 몇 걸음 물러났다.

잠시 후 조금 전까지 켈빈이 서 있던 장소에 바람이 휘몰아쳤다.

"아깝군."

'큭, 몇 초 늦었어!'

바람의 정체는 세츠나. 바람의 요정의 속력 보조 바람과 함께 혼신의 이아이를 날린 것이다. 몇 초만 빨랐다면 게임은 끝났을 것이다.

'하지만, 아직 안 끝났어!'

이아이가 빗나간 순간 세츠나는 뇌에 명령을 내렸다. 곧바로 공중에서 발을 딛고 후퇴한 켈빈이 있는 방향으로 천보를 사용. 칼집에 도로 넣은 일본도 자루를 움켜쥐고, 흐르듯 다음 이아이로 공격을 이어갔다. 켈빈의 눈앞에서 세츠나의 이아이가 다시 날아오려 하고 있었다.

"그래, 전투 센스는 네가 제일 좋네."

세츠나는 애도가 무겁게 느껴졌다. 빠지지 않는다. 아무리 힘을 주어도 일본도가 빠지지 않는 것이다.

"뭐지…?!"

그도 그럴 것이, 일본도 자루를 켈빈이 누르고 있었다. 세츠나가 간격을 착각한 게 아니다. 발도하는 순간을 완전히 간파당해서 빠른 속도에 우롱당한 것뿐이다.

"우선 한 명."

세츠나의 복부에 주먹이 파고든다. 그 주먹은 도저히 근접 전투 초보자가 날릴 만한 것이 아니었다.

예를 들면 모종의 권법에 숙련된, 아니, 도달점에 이르렀다고 여겨지는 수준의 일격이었다.

"커… 헉…. 다, 당, 신, 마법 검사, 였, 던 게…."

"응? 아무도 그런 말은 안 했잖아. 뭐, 안심해. 내 근력은 세라의 4분의 1 정도야. 목숨에 지장은 아마 없을 거야."

지면에 머리부터 쓰러지는 세츠나를 흘끗 보았다. 켈빈이 장비한 스킬 이터는 스킬을 카피해서 자기 것으로 다룰 수 있게 해준다. 오른손에는 미야비에게서 카피한 '병렬사고'. 그럼 왼손의 스킬 이터에는?

"우후후, 내 격투술이 대활약하고 있잖아♪"

세라에게서 카피한 '격투술(S급)'이 끼워져 있었던 것이다. 스킬 이터는 카피한 스킬에 덮어써야만 새로운 스킬을 카피할 수 있는 단점이 있지만, 동료들끼리 사용했다면 이야기가 달라진다. 쓰고 싶은 스킬을 마음대로 바꿔 쓸 수 있게 되니까. 게임을 개시했을 때 켈빈은 이 격투술을 이용한 몸놀림으로 토우야와 세츠나의 맹공격을 막았다.

"방심은 금물이야!"

"다음은 너인가, 아가씨."

큰 나무 같은 팔을 휘두르는 거대하고 검은 오니. 대흑시귀의 어깨에 올라탄 미야비는 이미 공격 명령을 내렸다. 하지만 프로즌 템플이 사라져버린 지금, 스피드는 켈빈이 압도하고 있다. 피하는 것은 일도 아니었다.

콰과앙!

오니의 일격에 땅이 흔들려 찰흙처럼 말려 올라간다.

'A급 몬스터답게 엄청난 파워로군. 게다가 상태 이상 계열 흑마법을 오니의 팔에 걸어두었어. 골치 아픈데. 하지만….'

회피한 켈빈에게 미야비가 추가로 글룸 랜서를 연사했다. 그 모두가 마력 보석으로 고속화된 강화마법. 피하기가 더할 나위 없이 어렵다.

"하지만 모두 세라에 비하면 몇 수준 떨어져. 좀 더 단련하고 와."

주먹에 마력을 깃들게 해서 글룸 랜서를 모두 튕겨낸다. 세라에게서 지도받아 배운 주권사의 백마법판. S급 격투술이 있기에 가능한 응용기다. 정화의 백마법이 담긴 주먹을 오니에게 날린다. 얼굴과 가슴에 맞은 그것은 오니를 찢어발겨 흰 먼지로 돌려보냈다.

"앗…."

먼지가 된 오니에서 떨어지는 미야비. 절호의 공격 찬스.

'이 아이는 방어력이 낮으니까. 목치기로 봐줄까….'

미야비의 뒤로 돌아가 조용히, 그리고 재빨리 수도로 목을 때렸다.

…퍽! …뭔가 둔탁한 소리가 들렸다.

'아, 이런. 위력 조절을 실수했네…. 역시 문외한이 할 짓이 못 되는군. 움찔움찔하는데, 뭐 괜찮겠지? 내 쪽이 더 근력이 적으니까.'

"감히 세츠나와 미야비를!"

"칸자키 군! 내가 방패가 될 테니 그 틈에!"

"…미안해! 반드시 처치할게!"

자신의 과오를 반성할 틈도 없이, 토우야와 어린 용이 덮쳐온다. 놀랍게도 나나가 용을 타고 있었다. 어린 용은 사이즈는 작지만 꽤 근성이 있는 것 같다. 그 어린 용을 탄 나나를 앞세우고, 토우야가 뒤를 따르는 형태로 달려온다.

'오? 나나라는 애, 내구(耐久)만은 세라에 필적하는군. 내 완력으로 무너트리는 건 어려워 보여.'

"부탁해, 우리를 지켜줘! 아이시클 실드(빙결정(氷結晶)의 방패)!"

나나의 앞에 두꺼운 아이시클 실드가 출현해서 그대로 돌격해온다.

철벽의 방어와 함께 몸을 돌보지 않고 돌진하는 공격. 그것은 그대로 살상 능력으로 변환된다.

"글로리 생추어리(영광의 성역)."

갑자기 공중에서 정지하는 어린 용. 그 주위에서 세 개의 고리가 나나를 둘러쌌다.

"나나?!"

"왜, 왜 그래, 문? 이, 이 고리는⋯?"

"S급 악마만 일시적으로 봉인하는 결계야. 지금의 너는 파괴할 수 없어. 하이퍼 임팩트(다중 충격파)."

나나와 어린 용의 사방에서 덮쳐오는 충격의 폭풍. 본래 맞기만 하는 정도라면 대미지가 없는 것에 가까운 충격이지만, 몇 번이고 격렬하게 뒤흔들리고 땅에 발을 디딜 수 없을 정도로 반복되면⋯⋯ 몹시 어지러워진다.

"으⋯ 안, 되겠어, 토할 것 같아⋯."

"갸, 갸우⋯."

신성한 봉인 속에서 구토하며 쓰러지는 미소녀와 용. 꽤 기묘한 풍경이다.

"이제 세 명…. 생각보다 스마트하게 처리할 수는 없군."

"너어…!"

봉인을 뛰어넘어, 이성을 잃고 분노한 토우야가 육박했다. 날아오는 것은 델라미스 최강의 기사 클리프에게 배운 필살의 쌍검술. 두 개의 성검이 용사의 외침에 호응해서 번쩍인다.

"너는 좀… 기대보다 못한걸."

…정신이 들었을 무렵에는 무릎을 꿇고 있었다. 동료의 원수를 갚지 못하고, 무슨 짓을 당했는지도 알지 못하고, 자신의 기술조차 날리지 못했다. 토우야의 인생에서 이 정도의 굴욕, 좌절은 처음이었다.

"왜, 이 정도의 힘이 있으면서… 세상을 위해 쓰려고 하지 않는 거지?"

"…뭐야, 넌 사람이 다들 선하다고 생각하나?"

"본래부터 악인이었던 사람은 없어! 주위 환경이나 돌발적인 상황이 그렇게 만든 것에 지나지 않아! 어떤 사람이든 개심하면 언젠가 용서받을 때가 와! 사람은 서로 이해하며 사는 생물이야! 그러니까 지금부터라도 늦지 않았어, 그 힘을 세상 사람들을 위해…."

토우야의 목에 단검이 닿는다.

"하아, 네가 말하는 건 어디까지나 이상이야. 확실히 용사가 가지기에는 바르고 존귀한 생각이지. 하지만 말이지, 그게 만인에게 통

하지는 않아. 나 같은 녀석에게 말해보라면… 쓸데없는 참견이야,
잠꼬대는 자면서 해!"

시야가 검게 변했다.

토우야의 기억에 남은 것은 여기까지였다.

쿵… 쿵….

'뭐지, 멀리서 큰 소리가 들리는 것 같은데.'

…그래서 말이야, 엄마의 스튜는 최고야. 다음에 오빠도 먹어봐.

'어린 여자아이의 목소리도 들려. 이 목소리, 어디서 들어봤는데. 어디였지….'

……그거 기대되네. 하지만 우리 에필의 요리도 지지 않을걸?

'이번에는 남자 목소리인가. 이 목소리도 어디선가… 윽, 머리가 아파….'

…우… 엄마가 최고야…! 하지만 그렇게까지 말했다면 먹어보고 비교해봐도 좋아….

'그러고 보니 내가 뭘 하고 있었더라…. 뭔가 중요한 일을 하고 있었던 것 같은데….'

……류카, 모험자님을 곤란하게 만들면 안 된다고 했잖니.

'세츠나나 나나, 미야비는 뭘 하고 있었더라…. 마지막으로, 한 일….'

…하하하, 상관없습니다. 트라지까지 아직 멀었어요. 말상대는 대환영이죠.

'이 목소리의 남자… 나는 마지막으로… 세츠나와 다른 친구들은…!'

"오, 소년, 깨어났나."

정신이 맑아졌다. 시야에 펼쳐진 것은 구름 한 점

없는 맑고 푸른 하늘. 서서히, 서서히 일어난 토우야는 눈앞의 인물을 인식했다. 그곳에는 흑풍의 아지트에 잡혀 있던 소녀와 어머니. 그리고….

"토우야… 라고 했나? 어디 아픈 데는 없어?"

…정신을 잃을 때까지 게임이라며 사투를 벌이던, 그 검은 로브의 남자였다.

"……! 너, 그 애에게서 떨어져!"

"뭐, 그렇게 나올 줄 알았어. 얌전히 누워서 안정을 취해둬."

켈빈을 보자마자 당장이라도 달려들 것 같은 토우야에게 켈빈은 가벼운 에어 프레셔를 날렸다. 다친 병자인 토우야는 그것을 이길 힘이 없어서 다시 바로 누워버린다.

"윽, 질 수 없어…!"

"소년, 분발하는 건 좋지만 먼저 이쪽을 봐. 그리고 너무 뻗대다간 상처가 벌어진다고."

중력을 거스르려고 계속 힘을 주던 토우야는 켈빈의 말에 앞을 흘끗 보았다. 검은 로브의 남자가 책상다리를 하고 앉아 있고, 그 위에 소녀가 착 올라가 앉아 있었다.

"너 이 자식…! 어린 소녀에게 손을 대다니 무슨 짓이야아아!"

"그게 아니야, 멍청아! 류카가 가진 걸 보라고!"

켈빈이 에어 프레셔의 위력을 아주 조금 높이며 류카가 끌어안고 있는 것을 손가락으로 가리켰다. 류카의 품속에서 푸르르 떨고 있는 물체, 그것은 류카와 어머니, 그리고 다른 사람들이 잡혀 있던 방에 있던 모험자의 슬라임이었다.

"그 슬라임은… 구출하러 간 모험자의…."

"그래, 이름은 클로토라고 해. 그리고 내가 그 모험자 켈빈이다."

켈빈은 황금색으로 번쩍이는 길드증을 팔락팔락 보여주며 당황한 토우야의 오해를 풀려고 했다.

"마, 말도 안 돼……. 구하러 간 모험자는 너희에게 잡힌 그 덩치 큰 남자와 마력 보석을 가진 여자 쪽…."

"진짜야! 그러니까 나도 말했잖아! 나를 구해준 건 '오빠'라고! 그 두 명은 나쁜 도적의 동료였다고!"

"류카, 그만하렴. 용사님, 죄송해요. 하지만 딸이 하는 말은 진실입니다."

"……."

구출한 소녀가 그렇게 말하니 토우야도 할 말이 없어졌다. 이제 와서 냉정하게 생각해보면, 검은 로브의 남자는 자기가 흑풍이라고 인정한 적이 한 번도 없었다. 뿐만 아니라 모험자로서 흑풍을 토벌하던 것처럼 볼 여지도 있었다. 토우야 일행에게 도움을 청한 슬라임도 얌전히 그를 따르는 것 같다. 이 모든 것을 종합했을 때 나오는 답은….

"네, 네가 먼저 갔던 모험자였나…?"

"계속 그렇게 말했잖아."

그제야 에어 프레셔가 풀린다.

"나에 대한 오해는 풀렸나?"

"…그래, 정말 미안…."

갑자기 마음을 놓은 토우야는 쿵 하는 커다란 발소리를 들었다. 그리고 약간 느껴지는 진동. 조금 전까지 한껏 흥분해서 몰랐지만, 이제야 이곳이 지상이 아니라는 것을 인식했다.

"…여긴 어디지?"

"아아, 너희가 싸운 그 검은 골렘이 있었잖아? 그 골렘의 수송판 위야."

"…네?"

토우야는 조심조심 주위를 확인했다. 검고 약간 둥글둥글한 바닥. 작은 원룸 방 한 개 정도 되는 공간의 외곽에 안전용 울타리가 쳐져 있는 것이 보인다. 일정하게 발소리 같은 소리가 나고, 그와 함께 지면이 흔들린다.

"솔직히 구출한 사람들을 트라지까지 운반할 방법은 생각해본 적이 없으니까. 임기응변으로 골렘 생성마법을 개조해본 게 성공해서 다행이었어."

"아이 참, 오빠는 덜렁이구나."

HAHAHA 마주 보며 웃는 켈빈과 아이, 어머니. 토우야는 그저 멍했다.

"그, 그래! 세츠나와 친구들, 구해낸 다른 사람들은?!"

한 차례 주위를 둘러보고 정신을 차린 토우야.

"혹시나 싶어서 내 동료와 함께 다른 골렘에 태웠어. 뭐, 리더인 네 오해가 풀렸으니 이제 만나게 해줘도 문제없겠지. 잠깐 기다려."

『세라, 토우야의 오해는 풀렸어. 다른 용사를 이쪽으로 데려와 줘.』

『우아! 지겨워지던 참이었어. 한꺼번에 들고 갈게.』

"…지금 동료가 내 일행을 여기로 데려올 거야. 아, 벌써 왔나."

"뭐?"

위를 보는 켈빈에 이끌려 토우야도 시선을 위로 보낸다. …뭔가

가 다가왔다.

"기다렸지!"

폭음과 함께 하늘에서 나타나는 세라. 양쪽 옆구리에 나나와 미야비를 끼고, 세츠나를 짊어지고 등장했다. 잊어버리기 쉽지만 악마인 그녀에게는 날개가 있다. '위장의 머리장식'으로 보이지 않도록 숨기고 있을 뿐, 그 기능은 잃지 않았다. '비행' 스킬을 가지고 있어 기본적으로 자유자재로 날 수 있는 것이다.

"으으, 또 토할 것 같아…."

"이건… 새로운 체험!"

얼굴이 창백해져서 입을 가린 나나와 달리 미야비는 눈을 빛낸다. 누가 제트코스터를 좋아하고 싫어하는지가 여실히 드러난다.

"지루해서 바로 왔어! 자, 차 마시자, 켈빈."

"빈틈없이 다과도 가져왔군…."

"에필이 눈치 빠르게 가져와줬어. 그 애, 당신의 말은 절대적으로 따르니까. 같이 가자고 했지만 계속 감시하겠대. 성실하네!"

"와, 나도 먹고 싶어!"

"아이 참, 류카…."

그러고 보니 천리안으로 경계하라고 말해두었다. 트라지에 도착하면 뭔가 해줘야겠는걸, 이런 생각을 했다.

"…토우야, 이야기는 들었어?"

"그래, 전부 내 착각이었어…. 세츠나, 나나, 미야비, 내 착각 때문에 함께 싸우게 해서 미안해…."

토우야가 고개를 푹 숙인다.

"그리고 켈빈 씨, 제가 멋대로 착각한 탓에 민폐를 끼쳐서 죄송합니다."

토우야는 무릎을 꿇고 사과했다. 뒤에 있는 다른 용사들도 함께 무릎을 꿇으려 하기에 나는 황급히 말렸다. 아니, '이렇게 되면 좋겠다~' 하고 가벼운 생각으로 임한 것이긴 하지만, 내가 일부러 그렇게 만든 거니까. 정의감을 전면에 드러낸 이 자세는 조금 위험스러워 보이지만, 이번 일로 용사들도 뭔가 생각한 바가 있으리라.

"지나가버린 일은 됐어. 그보다 그 게임 승자의 권리. 그걸 지켜주면 나는 불평할 게 없어."

토우야 일행에게 흑풍에 대해 설명했다. 미스트 씨에게 미리 설명을 들었는지 곧장 양해를 얻을 수 있었다.

"용사로서 도움이 될 수 있다면 당연히 그렇게 하겠습니다. 하지만 그래서야 저에게는 벌이 되지 않습니다. 켈빈 씨, 그 외에 뭔가 제가 할 수 있는 일이 없을까요?"

"그 외에? 음, 어떻게 할까…."

흘끗 나를 빼고 다과회를 시작하는 세라와 류카 쪽을 보았다. 이봐, 벌써 먹고 마시기 시작한 거냐. 뭐 상관없지만.

"류카, 뭔가 반성이 될 만한 좋은 생각 없어?"

"반성? 음, 음… 정좌!"

"정좌?"

"트라지에서 나쁜 짓을 한 아이는 정좌한 채로 설교를 들어. 무지 힘들어!"

"…그럼 트라지에 도착할 때까지 정좌하는 걸로 하지."

"으, 음… 트라지까지 얼마나 남았지?"

"이 골렘으로 한나절."

굳어버리는 토우야와 나나.

"나는 익숙하니까 괜찮지만… 둘 다, 괜찮아?"

"세츠나, 정좌가 뭐야?"

때때로 흔들리는 골렘 위에서 용사들의 진정한 시련이 막을 열었다.

우리는 흑풍에 사로잡혔던 여자들을 무사히 트라지에 데려오는 데 성공했다. 수송용 골렘은 눈에 띄기 때문에 트라지에서 보이지 않는 장소에서 내려서, 거기서는 도보로 귀환. 용사 멤버는 세츠나 이외에 전멸했기 때문에 백마법으로 강제로 회복시켰다. 미야비는 약간 정좌에 트라우마를 갖게 된 것 같지만 어쩔 수 없지.

모험자 길드에서 트라지 왕에게 연락을 해두었는지, 온 나라가 성대하게 맞이… 해주지는 않았지만 국왕의 사자가 모험자 길드에 와서 불안한 표정으로 미스트 씨와 이야기하고 있었다.

국왕의 사자는 내가 구출한 여자들을 확인하더니 쏜살같이 그중 한 여자 앞으로 달려가 울며불며 끌어안았다. 아무래도 그 사람이 약혼자였던 모양이다. 감동스러운 재회다. 바로 얼마 전 파즈까지 가다가 행방불명되어 길드에 수색 요청을 보냈는데, 미스트 씨가 이번 일에 대해 극비로 트라지 국왕에게 연락했을 때 알게 되었다고 했다. 그리고 안절부절못하고 오늘처럼 매일 길드에 속보가 들어온 게 없을지 확인하러 찾아왔다고 했다. 두 사람은 울면서 몇 번이고 우리에게 고맙다고 말했다.

류카나 어머니 에리이 씨를 포함한 여자들은 길드에서 보호해서 트라지와 협력 체제하에 신원을 확인할 예정이라고 했다. 곧 파즈나 델라미스, 가운까지 정보가 퍼져 트라이센을 추궁하기 시작할 것이다. 이쪽에는 용사인 토우야 일행의 증언도 있다. 변명으로 발뺌할 수는 없을 것이다.

"오빠, 또 만나!"

"정말 감사했습니다."

'바이바이' 하고 기운차게 손을 젓는 류카와 헤어진 우리와 용사 네 명, 그리고 길드의 대표인 미스트 씨가 우리를 트라지 성으로 안내했다. 국왕이 직접 인사를 하고 싶다는 모양이다.

자, 당초 목적 중 하나이던 쌀을 여기서 얻을 수 있을지가 이제 결정된다. 현대의 쌀과 비슷한 곡물은 트라지에서만 얻을 수 있는 품종이고 국내에서는 주식으로 먹지만, 가까운 파즈라 해도 국외에는 수출하지 않는다. 이 주변에 대한 정보는 이미 미스트 씨를 통해 수집했다. 트라지의 여관에서는 먹을 수 있지만, 사려고 해도 트라지에 사는 사람에게만 판매했다. 나는 일상적으로 먹고 싶다. 좋아, '쌀을 내놔라' 하고 직접적으로 말하지는 않겠지만 교섭하기에 따라서는 가능할 수도 있지 않을까. 꼭 예외적 구입권을 얻고 싶다.

트라지 성은 바다에 외따로 떠 있는 작은 섬에 세워진 해상의 성이다. 도시의 외관과 같이 이쪽도 어쩐지 일본풍 성으로 보였다. 트라지의 도시에 면한 이 아름다운 바다는 수룡왕이 사는 용해(龍海)

라고 불리는데, 전란의 시대에는 바다에서 공격해온 적국의 배가 갑작스러운 폭풍에 침몰했다거나, 거대한 용이 바다에서 나타나 쫓아버렸다는 등의 전설이 여러 개 있다. 그래서인지 트라지에서는 수룡왕을 나라의 수호자로 숭배하며 바다를 소중히 여긴다.

항구에서 성으로 가는 유일한 이동 방법인 배를 타고 트라지 성으로 향했다. 처음 하는 항해에 세라가 눈을 반짝거렸다.

"근처에서 보니 물이 투명해 보여. 정말 아름답네…."

"네. 아, 배 위에서도 물고기가 헤엄치는 게 보이네요."

"어? 어디에?"

"저기요. 저쪽에도 있어요."

"…나도 시력은 좋은데 전혀 안 보여."

에필이 손가락으로 가리키지만 세라와 마찬가지로 내 눈에도 물고기라고는 그림자도 안 보인다. 뭐, 당연하다. 에필은 천리안을 가지고 있으니까. 장애물이 없으면 앞에 있는 것을 훤히 들여다볼 수 있다. S급까지 올리면 그야말로 천리 앞까지 볼 수 있게 되는 게 아닐까. 참고로 에필의 말에 따르면 시력은 자유자재로 조절할 수 있다고 하니, 일상생활에는 불편함이 없다.

"이게 트라지 성인가…. 일본의 성 같은 구조네."

"칸자키 군도 역시 그렇게 생각해? 지붕의 용 장식도 어쩐지 샤치호코(주3) 같아."

성이 가까워지자 용사들이 트라지 성에 대해 이야기하기 시작했다. 역시 일본인에게는 그렇게 보이겠지.

"트라지의 초대 국왕은 용사님과 마찬가지로 이세계에서 소환되었다고 전해집니다. 어쩌면 용사님과 같은 고향분이었는지도 모르

주3) 샤치호코: 성곽의 용마루 양단의 장식. 호랑이 같은 머리를 가졌으며 등은 가시 돋친 물고기 모양이다.

지요.”

미스트 씨가 보충했다.

“우리와 같다고요…? 콜레트처럼 과거의 델라미스 무녀가 소환한 걸까요?”

“무녀는 용사로 선택받은 사람을 소환하니, 초대 국왕은 다른 방법으로 온 것이 아닐지…. 방법은 모르겠지만 매우 드물게 그런 분도 계시긴 합니다.”

“……현대식으로 말하자면 갑자기 행방불명된 걸지도. 의외로 근처에 소환된 다른 사람도 있을지도 모르겠네.”

“아하하, 세츠나, 그럴 리는 없을걸….”

“…그래.”

아하하, 바로 여기 있는데 말이지…. 감이 좋은 세츠나는 내가 이세계인일 수 있다고 조금 의심하고 있을지도 모르겠군. 참고로 에필 일행에게는 리오에게 들킨 시점에 이세계인이라는 말을 해두었다. 진지한 마음으로 결사적으로 밝혔는데, 생각보다 반응이 그저 그랬다.

『……? 주인님은 주인님인데요? 제 충성은 변하지 않습니다.』

『뭐, 그렇겠지. 왕은 어느 모로 보나 이상하게 강하니까! 왓핫하!』

『이세계인? 별로 상관없지 않아? 그보다 내 장비 아직이야?』

뭐 이런 식이었다. 너희들, 사실은 담력 스킬을 가진 거 아니냐? 다른 환생자들은 신의 변덕이나 뭐 그런 것 때문에 이세계로 온 것일까. 흥미로운 이야기이긴 한데, 메르피나에게 물어보면 알 수 있을지도 모른다.

“델라미스에 우리 말고 다른 사람은 없었어. 툭하면 야한 상황을 만들어내는 토우야가 그런 상황을 맞닥뜨릴 여지도 없을 정도의 조우 확률."

"미, 미안하다니까…. 하지만 요즘에는 전혀 그런 일이 일어나지 않잖아."

"어라, 그러고 보니 그러네……. 트라지에 온 다음부터 토우야가 그런 상황에 빠진 건 본 적도, 들은 적도 없어. 뭐야, 슬럼프야? 계속 이런 식이면 나도 마음이 편할 텐데."

"트러블 뒤처리는 늘 세츠나의 역할이니까. 토우야, 세츠나한테 쉴 틈 좀 줘."

"아니, 나도 일부러 그러는 게…."

더 재미있는 얘기를 하고 있네. 아까부터 나, 마구 훔쳐듣고 있잖아. 이야기를 들어보니 토우야는 흔해빠진 러브 코미디 만화 주인공 같은 트러블 체질인가? 하하하, 부럽네. 그러고 보니 토우야는 고유 스킬 '절대복음'이 있었지. 이것의 효과일까? 고유 스킬은 습득할 수 없어서 이름을 알아도 검색에 걸리지 않는단 말이지…. 따라서 아직도 효과를 알 수 없다.

"평소대로라면 아무것도 없는데 발이 걸려서 나나의 가슴에 뛰어들거나, 시간을 착각해서 미야비가 목욕하는 걸 엿보게 되거나, 마을 여자아이에게도 여러 가지 실수를 저질렀을 텐데 말이야. 나는 위험 감지로 회피하지만."

"후, 불가항력이라니까…. 그 여자아이에게는 사과한 다음에 용서도 받았고…."

"토우야 군, 에필과 세라에게서 좀 떨어져주겠어?"

"켈빈 씨까지!"

…그래, 역시 그쪽 계열 스킬 같군. 게임할 때 했던 발언을 취소했다, 이 녀석이 가장 위험한 인물이다. 이유는 모르겠지만 지금은 고유 스킬이 발동하지 않은 것 같다. 하지만 방심은 금물이다. 주인공 보정은 언제 발동할지 모르니까.

감지 스킬을 예민하게 발동시키며 우리는 트라지 성에 입성했다.

트라지 성에서 우리는 연회장 정도 넓이의 방으로 안내되었다. 왜 연회장을 예로 들었는가 하면, 이 방에 틀림없는 다다미⁽주4⁾가 깔려 있었기 때문이다. 다다미뿐만이 아니다. 장지에 족자, 어느 모로 보나 일본 여관에서 볼 수 있는 일본식 방이다. 그리고 그 안쪽에 앉아 있는 것이 이 나라의 왕, 트라지 왕이었다.

"잘 왔다, 모험자와 용사 여러분. 내가 현 트라지 국왕 츠바키 후지와라다."

의외로 왕은 어린 소녀였다. 어쩌면 용사들보다 어릴지도 모른다. 하지만 나이에 어울리지 않는 기품과 자신감이 넘치는 행동거지가 왕족의 풍격을 드러내고 있었다. 칠흑빛 머리카락을 바닥에 닿을 정도로 기르고, 화려한 기모노를 입은 그 모습은 고대 일본의 공주 같았다.

'성(姓)이 있는 사람을 만나는 건 처음이네. 뭐, 완전히 일본풍이지만.'

이 세계에서 성을 가진 사람은 귀족과 왕족뿐이다. 이건 세계 각국이 동일한지, 나도 지금까지 감정안으로 엿보았지만 성을 가진

주4) 다다미: 볏짚, 골풀 등으로 만드는 일본의 전통 바닥재.

사람을 본 적이 없다. 새로 귀족이 된다 해도 높은 레벨의 '명명(命名)'이라는 스킬이 필요하다는 것 같은데, 뭐 지금은 상관없는 이야기다.

"처음 뵙겠습니다. 모험자 파티 리더를 맡고 있는 켈빈이라고 합니다. 일개 모험자인 제가 트라지 왕을 만나 뵙게 되어 영광입니다. 뒤에 있는 사람들은 에필, 제라르, 세라. 제가 신뢰하는 동료들입니다."

한쪽 무릎을 짚고 머리를 조아렸다. 참고로 클로토는 내 마력 내에서 대기하고 있다. 메르피나의 말에 따르면 트라지는 클로토의 종족인 슬라임 글라토니아에 의해 나라가 멸망한 과거가 있다. 크기가 다르기는 하지만 좋게 생각하지는 않을 것이다.

우리 쪽에서는 예의를 갖추어 국왕과 좋은 관계를 맺고 싶다. 평소부터 봉사술에 조예가 있는 에필과 본래 기사였던 제라르는 전혀 걱정이 안 되지만, 문제는 세라다. 미리 말해두었지만 아무리 국왕이라 해도 인간에게 악마인 세라가 예절을 갖추어 대해줄지 어떨지….

『이래 봬도 전에는 악마 공주님이었다고! 이 정도는 교양의 일환으로 배웠어. ……그리고 켈빈에게 민폐를 끼칠 만한 짓은 안 할 거야.』

갑작스럽게 네트워크로 대화가 들어와 세라를 보니 제대로 한쪽 무릎을 꿇고서 왕에게 경의를 표하고 있었다. 그 모습은 우아하고, 트라지 왕에게 지지 않을 정도로 기품이 가득하다.

『…평소에도 그러면 공주님다울 텐데.』

『싫어, 피곤해..』

『그래.』

…고마워. 속으로 불쑥 인사해둔다. 이러쿵저러쿵 말해도 세라에게서는 늘 도움을 받고 있으니까. 이어서 토우야 일행이 인사를 했다. 한바탕 소개가 끝나자 트라지 왕의 표정이 확 풀렸다.

"좋다, 좋다. 고개를 들라. 나도 딱딱한 예의범절은 싫어하노라. 이제부터는 조금 긴장을 풀도록. 사람 수만큼 자리를 준비해두었다. 뭐, 앉아서 푹 쉬도록 해라."

'바, 방석! 그립네, 칸자키 군! 폭신폭신해!'

'그, 그래. 설마 이 세계에서 다다미방에 방석에 앉게 되다니!'

용사들이 작은 소리로 환희했다. 골렘 위에서 정좌하는 게 상당히 힘들었나 보다. 조금 이상하게 들떠 있다.

"그나저나 켈빈 경, 모험자치고 그대의 동료들은 예의 바르군. 대개 모험자는 존대도 하지 않는데, 그대들은 상당히 예의가 바르구나."

좋아, 괜찮은 느낌이다.

"과분한 말씀입니다."

"후후, 겸손할 필요 없다. 그대의 메이드의 목걸이를 보아하니 노예지? 아까 본 걷는 모습, 동작, 모두가 주인을 돋보이게 하는 행동거지를 잘 알고 있는 듯하다. 노예를 이렇게까지 훌륭하게 길러낸 것은 그대의 교육 덕분이겠구나."

아니, 메이드로서의 마음가짐 같은 것은 에필이 자기 힘으로 습득한 거지만 말이죠…. 그나저나 방에 들어온 그 짧은 시간 사이에 용케도 우리를 관찰했다. 이 소녀도 왕의 이름에 부끄럽지 않은 수완가다.

"그쪽의 세라 경은 마치 귀족을 상대하는 기분이로군. 제라르 경도 복장을 보아하니 기사 같은데…. 모험자의 과거를 캐는 것은 법도에 어긋나니 깊이 추궁하지 않겠다. 무엇보다도 그대들은 흑풍을 쓰러트린 새로운 영웅이니."

"배려 감사합니다."

"좋다, 좋다. 헌데 토우야 경 일행은 델라미스의 용사라 들었다. 흑풍의 은신처에서 켈빈 경과 협력했다더구나. 미스트 경의 의뢰를 받아 신속한 판단과 행동, 수고했노라."

"아뇨, 저희는 아무것도…."

"네, 용사님이 위험할 때 도와주셨습니다."

"어, 자, 잠깐, 켈빈 씨?"

됐으니까 순순히 칭찬하게 둬. 이제부터 나타날 마왕을 정말로 쓰러트릴 생각이 있다면 각국과의 연계는 중요하니까. 내 변덕으로 적지 않은 수고를 끼치기도 했고.

"그래, 그래. 양쪽 다 정말로 수고하였다! …헌데, 이런 말은 다소 하기 어렵다만."

어린 왕이 처음으로 나이에 걸맞게 곤란한 표정을 지었다.

"본래 이 안건은 나라 전체가 축의를 표할 일이나, 트라이센이 개입한 이상 바로 정보를 공개할 수는 없다. 허나 우리나라의 사랑스러운 백성들을 구해준 이 큰 은혜를 어떤 형태로든 갚고자 한다. 뭔가 바라는 것은 없는가?"

왕은 토우야와 내 얼굴을 각각 본다.

"…우리는 아무것도 필요 없습니다. 이 흑풍의 토벌, 켈빈 씨는 저렇게 말했지만 우리는 아무 공헌도 하지 않았습니다. 그 보수는 켈빈 씨가 받아야 합니다."

"…라고 토우야 경은 말하는데, 켈빈 경, 그래도 되겠나?"

뭐, 토우야라면 그렇게 말하겠지.

"글쎄요, 그럼… 트라지국에는 대단히 맛있는 곡물이 있다고 들었습니다. 그런데 타국 사람들은 구입할 수가 없다더군요. 저에게도 그 구입권을 주셨으면 합니다만 어떠신지요?"

"그런 것으로 괜찮겠는가? 지위나 명예, 금전을 청해도 좋다. 내힘으로 가능한 범주라면 모두 손에 넣을 수 있는데, 정말로 그것으로 되겠는가?"

"저희는 자유의 몸을 선호하는 모험자입니다. 분에 넘치는 지위를 받아봤자 족쇄가 될 뿐입니다. 그러니 맛있는 것을 배부르게 먹는 게 더 행복합니다."

제라르와 세라가 고개를 끄덕이고 에필이 미소를 짓는다.

"후, 후후후… 후하하하하! 그대들, 하나같이 재미있는 녀석들이로구나! 트라이센의 영웅과 같이 욕심투성이일 줄 알았는데…. 참으로 유쾌하도다. 구입권뿐만이 아니라 몇 섬을 켈빈 경에게 보내도록 하마. 다 떨어지면 편지라도 보내면 무상으로 다시 주도록 하겠다."

"국왕님도 성격이 나쁘시군요. 시험하신 거지요?"

"아니, 악의는 없었다. 가령 돈이나 지위를 선택했다 해도 나는 멸시하지 않고, 보상도 틀림없이 주었을 것이다. 그저 그대들이 마음에 든 것뿐이다."

깔깔 웃으며 척 보아도 기분이 좋아 보이는 트라지 왕. 교섭은 어찌어찌 성공한 모양이군.

"토우야 경도 소문대로인 것 같군. 우직하고 참으로 정직하도다. 허나 그런 성격이 지나친 인간은 빨리 죽는다. 물론, 그 동료도."

"…네."

토우야는 주먹을 꽉 움켜쥔다.

"그렇게 비관하지 말도록. 인간은 배우는 생물이니, 앞으로 경험을 쌓아 토우야 경이 잘 살리면 된다. 세츠나 경이나 다른 사람들도 잘 보좌해주어야만 하겠지만."

"명심하겠습니다."

"그래. 자, 오늘은 조촐하게나마 축하 자리를 열도록 하겠다."

트라지 왕이 그 작은 손을 탁탁 마주치자 옆의 장지가 열리고 시녀 여러 명이 음식을 가져왔다.

"우아우아, 사시미에 타키코미고항(주5), 냄비 요리도 있어! 굉장해, 전부 일본 음식이야!"

"재료는 조금 다른 것 같지만 진짜 일본 요리야…."

"용사분들의 고향은, 우리나라를 개국한 선조인 트라지 후지와라와 같은 일본국이라고 들었다. 트라지는 이 세계에서 수많은 문화를 이 나라에 남겼다. 용사분들이 그 조각만이라도 떠올릴 수 있다면 기쁘겠노라. 켈빈 경도, 한발 먼저 우리나라의 쌀을 맛보았으면 했다."

"후후, 그렇게 하겠습니다."

오랜만에 먹은 쌀의 맛은 그립고 대단히 맛있었다.

---

주5) 타키코미고항: 영양밥. 야채, 고기 등 재료를 넣고 지은 밥.

성에서 만난 이후, 우리는 트라지 왕이 준비해준 여관방에서 오랜만에 느긋한 시간을 보냈다. 나는 책을 읽고, 세라는 과일 주스를 마시며 이불에 누워 있었다. 제라르는 애검을 닦고 있다. 참고로 용사들은 다른 방이고, 어깨에 소형 클로토를 올린 에필은 조리장을 빌려 저녁 식사를 만들고 있었다.

"그러고 보니 말이야, 세라와 제라르는 성이 없어?"

"갑자기 뭐야?"

"트라지 왕을 만났을 때, 후지와라라는 성을 포함해서 자기소개를 하기에 문득 생각났는데…. 이 세계는 귀족과 왕족에게만 성이 있잖아? 세라는 마왕의 딸이니 말하자면 악마 왕족이잖아. 제라르도 생전에는 기사단장이었고. 왜 이름뿐이야?"

두 사람의 스테이터스는 계약할 때 확인했다. 양쪽 다 성은 없었다.

"아아, 그런 얘기였구나."

"음, 뭐라고 설명하면 좋을지……. 왕이여, '명명' 스킬은 알고 있나?"

"대강은. 스킬 화면의 설명문을 흘끗 본 것뿐이지만. 그 스킬로 성을 붙일 수 있는 거였던가?"

명명 스킬은 그 이름대로 이름을 주는 스킬이다. 처음에는 스킬과 동급 클래스까지 자신이 가진 아이템명을 변경할 수 있고, 스킬 레벨이 올라가면 동의한 타인의 아이템명도 변경할 수 있게 된다. 더 높은 레벨이 되면 마법명이나 인명까지 바꿀 수 있게 된다. 단, 변경한 이름은 스테이터스 화면에서 칭색으로 표기된다. 일반적으로는 별로 활용되지 않는 스킬이겠군.

"음. 새 귀족을 맞이하는 식전에는 고위 '명명' 스킬을 가진 고관이 반드시 있다. 귀족이 되는 자에게 성을 주는 역할을 담당하는 것이 이 고관이지. 나도 그다지 자세히 알지는 못하지만, 아마 A급 이상의 스킬이어야만 했던 것 같구먼."

"A급이라. 명명 스킬만 쭉 올린다 해도 스킬 포인트의 재능치와 성장치가 많지 않으면 고생이겠군."

"그렇기도 해서, 명명 스킬을 이어받는 고관의 집안은 A급까지 올리기 위해 필사적으로 노력한다. 후계자를 길러내는 것도 업무의 일환이나 마찬가지지."

"악마는 조금 대충대충이야. 명명 스킬 같은 비전투 스킬을 A급까지 굳이 습득하는 건 좀 이상한 녀석이나 하는 짓이지. 그리고 악마들은 다들 귀족이 되려는 야심이 가득하니까, 희귀한 명명 스킬을 가진 자를 둘러싸고 종족 간의 분쟁이 많거든. 그래서 룰은 단순하게 명명 스킬로 성을 얻은 사람이 귀족! 뭐 이런 식이야. 참고로 스킬 소유자 한 명에 선착순 한 명까지거든."

"그래서 마왕은 대부분 악마 출신인 것 아니야…? 애초에 억지로 스킬 소유자를 양산시키면 제어가 안 되잖아."

악마들은 다 전투 민족인가.

"그래? 켈빈이 좋아할 만한 규칙 같은데. 뭐, 나도 책상머리에서 배운 지식이니 실제랑은 다를지도 모르지만. 시간도 꽤 흘렀고."

"참고로 그걸 인간 세계에서 하면 완전히 아웃이다. 성을 부여하는 것은 한 해에 두 번, 각국에서 열리는 행사에서만. 설령 스킬을 쓸 실력이 있다 해도 나라의 허가 없이 사용하는 것은 금지되어 있다. 성을 수여받은 자의 이름은 나라에서 빈틈없이 관리하니, 멋대로 귀족을 자칭할 수도 없다."

흐음. 응? 그러고 보니 파즈에서 나한테 싸움을 건 그 트라이센의 돼지 왕자, 성이 없었지. 왜지?

"저기, 귀족 집안에 새로 태어난 아기는 태어나면서부터 성을 가지고 있어?"

"아니, 새로 성을 명명할 필요가 있다. 집안에 따라 다르지만 일반적으로는 부모를 떠나 독립하는 해에 의식을 열어 수여했다."

돼지 군, 독립을 못했나. 뭐, 왕자라면 사정이 다를지도 모르지.

"그렇군. 응, 일단 규정은 이해했어. 다시 원래 하던 이야기로 돌아가겠는데, 세라와 제라르는 귀족이 아니야?"

"귀족이라기보다 왕족이었다고 해야 하나. 어쨌든 아버님은 마왕이었고… 나를 도망치게 했을때는 아버지가 날 기절시켜서, 성이 없어진 이유는 모르겠어."

"…명명을 한 악마에게 성을 취소하게 한 것일지도 모르겠구면. 이게 있으면 어찌 되었든 눈에 띄지 않나? 명명한 자와 혈연자가 허가하면 그것도 가능하다."

마왕 구스타프는 세라를 봉인할 때, 봉인의 사슬을 통해 다른 악마의 손에서 지켜냈고, 위장의 머리장식을 주어 모습을 위장하게 했다. 성을 지우도록 명했다 해도 이상할 게 없다.

"아아, 그렇군. 나쁜 놈의 입장에서 귀족이 단독으로 있으면 호구일 뿐이니까."

"나라면 반대로 날려버릴 테니 괜찮은데?"

아냐, 그런 얘기가 아냐.

"나는 본래 농민 출신이었지만, 기사단장으로 취임했을 때 알카르 왕의 온정으로 귀족이 되었다. 하지만 흑령기사로서 환생했으니까. 몬스터화하면서 없어졌는지도 모르지."

"취소랑은 다른 요인으로 없어지기도 했다는 건가."

"뭐, 지금은 그냥 세라야. 그리고 이 믿음직스러운 방패는 그냥 제라르. 그거면 충분하잖아."

세라가 이불에 엎드려 양발을 흔들며 웃는 얼굴로 단언했다. 나도 모르게 그 모습에 조금 반해서 넋을 놓고서 보고 만 건 비밀이다.

…똑똑.

조심스럽게 문을 노크하는 소리가 들린다. 에필이로군.

"주인님, 식사 준비가 되었습니다. 쌀 요리법, 일본 요리 레시피도 국왕님이 파견해주신 분께 확실히 전수받았습니다."

"잘했어, 에필! 내 불확실한 기억에 남은 요리법으로는 무리가 있었으니까. 이제 파즈에서의 흰쌀밥 라이프가 확보된 거나 마찬가지야!"

'네가 MVP야~'라고 말하며 나도 모르게 에필의 작은 몸을 들어 올려 방 안을 빙글빙글 돌아버렸다. 아니, 파티 중에는 힘이 약한 축에 속하는 나도 이 정도는 할 수 있다고요? 웬만한 모험자보다는 근력이 있는 편이라고!

"우왓! 주, 주인님, 어지러워요~!"

"하하하, 뭐 어때! 경사스러우니까!"

"하, 하지만 부끄러워요~!"

우리는 계속 돈다.

"오오, 평소와 같은 에필의 태도는 오랜만에 보는구먼."

"어, 저게? 음… 확실히 평소의 쿨한 느낌과는 달라 보이네."

"메이드가 된 다음에는 겉으로 보이는 모습을 신경 쓰게 되었으니까. 이렇게 귀여운 게 평소 모습이다."

"아, 아아…. 주인님, 스, 스톱입니다! 하우스(주6)!"

"내가 무슨 개냐!"

에필의 멋진 비명은 당분간 이어졌다고 했다.

"이 목소리…. 켈빈 씨, 뭘 하는 거지?"

참고로 용사들의 방 배치는 세츠나의 강한 요청으로 토우야만 독방이었다.

모처럼 다른 나라에 왔으니 오늘은 관광도 할 겸 에필, 세라와 함께 트라지 거리를 돌아보기로 했다.

제라르는 토우야 일행의 장비를 새로 갖추겠다며 델라미스의 용사들과 함께 따로 행동하고 있다. 어쩌다보니 이렇게 된 거지만, 엄청나게 용모 단정한 미녀와 미소녀를 데리고 걸으니 사람들의 주목이 쏠렸다. 음, 뭐랄까, 이미 불량배에게 몇 번 트집을 잡힌 바 있다. 그때마다 세라가 인정사정없이 주먹을 휘두르려고 해서, 그전에 제일 힘이 약한 내가 부드럽게 격퇴해주었다. 이대로 있다간 다시 누가 시비를 걸어올 가능성도 컸기에 어쩔 수 없이 인기척이 없는 가게 등을 찾고 있었다.

"저기저기, 켈빈, 이거 사줘! 이렇게 예술적이잖아!"

시대가 느껴지는 골동품을 살펴보고 있을 때, 세라가 가게 안에

주6) 하우스: 개 훈련법에 쓰이는 명령어로 이동장이나 집에 들어가 얌전히 있을 것을 의미한다.

서 수상쩍은 불상 같은 장식품을 가져왔다. 무슨 사이비 종교 단체가 모시는 신의 조각상이라도 될 것 같은 악마적인 센스다. 아아, 얘 악마였지.

"뭐에 쓰려고 하는데?"

"…마물 퇴치?"

"오히려 마물이 다가올 것 같은데. 얌전히 가져다놔."

"뭐어?! 이렇게 멋있는데?!"

살 물건이 정해져 있기 때문에 유감스럽게도 지금 우리는 쓸데없는 데에 돈을 쓸 여유가 없다. 아니, 정확히 말하자면 여유는 꽤 있지만 여기서 양보해버리면 앞으로 세라의 교육에도 좋지 않다. 세라가 집요하게 졸랐지만 지금은 마음을 독하게 먹기로 했다.

"주인님, 저기에…."

"응? 뭐라도 있어?"

이번에는 에필이 말을 걸었다. 하지만 갖고 싶은 물건이 있는 것 같지는 않고, 가게 창 밖을 가리키며 곤란한 표정을 짓고 있다. 음, 에필이라면 바로 사라고 허락할 텐데.

"켈빈! 아직 나랑 얘기 안 끝났어!"

"내 마음속에서는 이미 끝났거든요. 그나저나 왜 그래, 에필?"

너는 좀 더 건설적인 걸 가져와. 시끄럽게 반론하는 세라를 진정시키며 나도 밖을 보니, 그곳에는 제라르와 함께 있어야 할 토우야 일행의 모습이 보였다. 도중에 헤어져버렸는지 제라르는 보이지 않았다. 그 대신이라고 하긴 그렇지만, 아까 내가 격퇴한 불량배들이 모여 있었다. 이런, 너무 부드럽게 손봐줬나.

"너 이 자식! 아까 그 녀석도 그렇고, 그렇게 예쁜 애를 데리고 돌아다니다니! 우리들한테 시비 거는 거냐?!"

"무슨 소리인지 모르겠군. 이봐, 우선은 무슨 사정인지 듣고 싶은데…."

"시끄러워! 열받네. 일단은 그 예쁜 얼굴을 찌부러트려주마!"

"진정해! 일단은 이야기를 나누자고! 괜찮아, 틀림없이 서로 이해할 수 있을 거야!"

"토우야, 그런 태도가 오히려 상대를 도발하는 거거든…."

"귀찮아. 냉큼 쓰러트리자. 그러고 싶어."

"이, 이 자식!"

"꺅! 싸움이다!"

…이건 뭐야. 자연스럽게 분쟁에 휘말렸다. 도우러 갈 것까지도 없는 상대이지만 트라지도 그렇게까지 치안이 나쁜 건 아닌데. 혹시 이게 용사의 일상인 것일까? 아니면 토우야의 체질 때문인가? 어느 쪽이든 세츠나가 고생하는 건 마찬가지인 것 같다.

"가세할까요?"

에필이 클로토의 '보관'에 넣어둔 활에 손을 대었다.

"아니, 필요 없을걸. 저런 일반인을 상대해봤자 한 푼도 도움이 안 되고, 저 녀석들이라면 괜찮을 거야. 오히려 토우야와 엮여서 귀찮아질… 저기, 세라는 어디 갔지?"

조금 전까지 투정을 하던 세라의 모습이 가게 안 어디에도 없었다. 소중히 들고 있던 괴기스러운 불상이 근처에 굴러다니고 있을 뿐이다.

"주인님, 밖입니다. 밖."

"밖?"

에필이 다시 창 밖을 가리켜서 그쪽을 보았다.

"잠깐! 버릇없게 약자를 괴롭히다니!"

"세라 씨!"

"뭐야, 너는… 뭐야, 아까 그 검은 머리의 일행이잖아! 마침 잘됐다!"

"잠시만 기다려. 이 경우 약자는 그쪽이야. 풋, 약자."

"이, 이 은발이…!"

"그러니까 기다리라고 했잖아! 나도 폭력으로 해결하고 싶지 않아!"

세라가 가세했다. 미야비가 도발했다. 토우야가 상황을 어지럽히고 있다.

"…뭐하는 거야?!"

나서서 쓸데없는 소동에 휘말려들려 하는 세라를 본 직후, 우리는 황급히 가게에서 뛰쳐나갔다.

푸른 바다, 푸른 하늘, 하얀 모래사장. 어쩌다 생긴 휴일인데 그후 결국 합류해버린 우리가 방문한 곳은 트라지의 유명 관광지인 해수욕장이었다. 아까 쇼핑한 것 말고는 요즘 길드의 의뢰만 처리했으니까, 이런 날쯤은 동료들이 마음껏 쉬었으면 좋겠다.

"아, 주인님… 저기, 어떤가요?"

수영복으로 갈아입은 나를 맞이한 것은 에필이었다. 에필의 흰 피부를 감싸고 있는 것은 색이 옅은 원피스 수영복. 평소에 피부를 노출하지 않아서인지 뺨을 붉히고 있다. 부끄러워하는 모습이 정말이지 굿이다. 노예로서 샀을 때에는 말라빠졌었지만 지금은 딱 적당하게 살이 붙었다.

"응, 에필한테 잘 어울려. 이대로 보쌈해서 가고 싶은걸."

"가, 감사합니다! 하지만 바다에 온 지 얼마 되지도 않았는데요?"

농담에 진지하게 대답하는 에필도 또 좋다.

"그러고 보니 세라가 아직 안 보이네? 같이 갈아입으러 가지 않았어?"

"세라 씨는 먼저 바다로 가셨습니다. 조금 흥분하신 것 같았는데…."

"아아, 그래…."

세라 녀석, 참지 못하고 먼저 수영하러 갔군. 처음 바다에 온 거라 들뜬 모양이지만, 옷을 갈아입을 때까지 좀 기다려줬으면 좋을 텐데.

"에필 씨, 집합 장소는 여기인가요?"

"가슴에 압도적인 전력(戰力) 차이가…."

세츠나에 나나, 미야비도 수영복을 입고 왔다. 미야비는 자기 가슴에 손을 대고, 나나와 에필을 번갈아 바라보며 생각에 잠겨 있었다. 괜찮아, 너도 작지는 않아, 아담할 뿐이야. 하지만 어려 보이는 모습과는 달리 가슴이 에필 정도쯤 되는 나나를 비교 대상으로 삼는 것은 자살 행위다. 한편 세츠나 척 보기에는 호리호리하지만 나날이 단련을 거듭해서인지 몸이 탄탄하다. 그러나 결코 근육질은 아니고 가슴도 딱 좋은 크기… 아니, 아까부터 무슨 생각을 하는 거야. 아직 아저씨처럼 생각할 나이는 아니잖아, 정신 차리자!

『아니, 아니다. 이 정도의 미소녀가 수영복을 입고 있지 않으냐. 흥분할 나이이니 왕은 정상이다. 반대로 아무 생각도 없다면 걱정스러울 게다.』

『…제라르, 내 생각을 읽지 마.』

참고로 이 할아버지도 소동을 해결한 직후에 합류했다. 어디 숨어서 타이밍을 노린 것처럼 절묘하게. 아무래도 장비를 고르다가 놓쳐버린 것 같은데, 너무 집중해서 물건을 품평하지 말아줬으면 좋겠다.

제라르는 기사는 갑옷을 벗지 않는다는 잘 알 수 없는 신조로 내 마력 안에 머무르고 있다. 그러면 낚시라도 하면 어떻겠느냐는 둥 여러 가지 제안을 해봤지만 완고하게 거절했다. 혹시 이것 때문인가?

『후하하, 왕에게는 보기 좋은 모습이겠지만 나한테는 손녀가 수영복을 입은 것이나 마찬가지다. 군이 말하자면 왕을 놀리러 왔다.』

『좋… 아, 바다 속에 소환하겠어!』

『잠깐! 농담이다, 농담! 내가 녹슬어버린다!』

『안심해, 네 갑옷은 바닷물 정도에 녹슬지 않으니까. 가라앉을 가능성은 있지만.』

『클로토, 그대도 뭐라고 말 좀 해다오!』

덤으로 클로토도 내 마력 안에 있다. 사실은 꺼내주고 싶지만 지난번과 마찬가지인 이유로 트라지에서 클로토를 밖으로 꺼내기는 곤란하다. 파즈에 돌아가면 좋은 걸 먹여줄 테니 참아줘.

『봐라, 클로토도 저렇게 말하지 않느냐!』

『그래그래. 이게 뭐가 재미있는지 모르겠지만 마음대로 해.』

『젊은이의 건강한 모습을 보는 건 늙은이가 살아가는 보람이지. 뭐, 나는 신경 쓰지 말고 왕도를 즐기도록.』

뭐, 그게 제라르의 휴식이라면 상관없지만.

"네, 기다리고 있었습니다."

"새삼스러운 얘기지만 괜찮은가요? 저희까지 방해해버려서."

세츠나가 미안한 듯 이쪽을 살핀다.

"신경 쓰지 마. 이런 이벤트는 사람이 많은 게 즐겁잖아."

나도 보기 즐겁… 아니, 아무것도 아니야.

"그나저나 이 수영복이라는 의류, 대단하네요. 물에 젖어도 괜찮다니."

에필은 수영복에 관심이 있는 것 같다. 나도 이 세계에 수영복이 있어서 놀랐다. 트라지 국내의 용해에 사는 인어 마을 특산품이라고 했다. 만드는 법은 알려지지 않았고, 트라지가 인어를 보호하는 조건으로 특별히 교역하고 있다고 했다. 운이 좋으면 두 발로 선 상태의 인어를 거리에서 보게 되는 경우도 있다고 했다. 마법으로 다리를 만드는 것일까?

"색조는 본래 세계의 수영복에 비해 수수하지만, 그 이외에는 손색이 없네."

"수수께끼의 기술이야."

보는 바와 같이 용사들도 이번에 함께 바다에 왔다. 뭐, 아지트에서 한 첫 대면은 좀 색다른 만남이었지만 이 트라지에서 만난 것도 인연이다. 그러니 서로 친목을 다지기로 했다. 단….

"켈빈 씨, 두고 가다니 너무하잖아요!"

"…아, 미안해. 빨리 바다를 보고 싶어서."

토우야, 네 '절대 복음'은 요주의야.

무슨 일이 있은 뒤에는 너무 늦을 거라고 생각해서 토우야보다 먼저 집합 장소로 와보았는데, 생각대로 에필이 혼자 기다리고 있었다. 이게 러브 코미디 만화였다면 토우야가 어떤 트러블을 일으킬지 모른다. 정말이지 위험하다. 이 바캉스, 미안하지만 상시 감지 스킬을 발동시켜야겠어.

『그렇게까지 긴장하지 않아도 괜찮을 것 같다만.』

『기왕 하는 거 만전을 기하겠어.』

모두 집합해서 결의를 다진 다음, 일행은 해변으로 향했다. 그러자 떡하니 버티고 기다리는 인물이 보였다.

"켈빈! 수영하는 법을 몰라, 가르쳐줘!"

비키니를 입은 세라다. 쭉쭉빵빵 그 자체인 훌륭한 스타일은 정말이지 자극적이라 스쳐가는 남자 모두가 돌아볼 정도다. 미야비가 지금까지 지었던 것보다 더 절망한 표정을 지을 정도다. 새빨간 머리카락을 양갈래로 묶어 바닷바람에 나부끼며, 몹시도 자신만만한 표정으로 우리를 기다리고 있었다. 하지만 수영복은 약간 바닷물에 젖어 있다. 보아하니 잠깐 바다에 들어갔다가 포기한 거로군.

"세라, 왜 그런 상태로 바다에 혼자 들어간 거야…."

"자만하고 있었어!"

"주인님, 부끄럽지만 저도…."

에필, 너도냐. 하지만 부끄러워하는 모습이 귀여우니까 용서할게.

"토우야, 미안하지만 두 사람에게 잠깐 수영을 가르치고 올게. 일단 넷이서 바다를 만끽해줘."

"그렇다면 저도 수영하는 법을 가르쳐….."

""안 돼!""

나와 세츠나의 외침이 겹쳐 울려 퍼졌다. 문득 생각했지만 세츠나는 늘 이런 고생을 감수하고 있는 건가. 그녀도 평소에 고생이 많군….

참고로 세라는 5분도 되지 않아 수영을 마스터하고(거의 가르친 것도 없다) 접영으로 바다를 폭주. 새삼스러운 얘기지만 날개의 저항은 괜찮은 것일까? 에필도 돌아올 무렵에는 남들만큼 수영할 수 있게 되었다. 걱정하던 토우야의 절대 복음의 영향도 없이, 최고의 휴가를 보낼 수 있었다.

흑풍 소동의 주범인 크리스토프를 잡은 뒤 1주일이 지났다. 본래 토우야 일행은 트라지에서 배를 타고 서대륙으로 향할 예정이었다는데, 그 흑풍 소동의 뒤처리 때문에 수속이 늦어져버렸다. 트라지와 모험자 길드에 용사의 증언이 필요했고, 1주일 동안 성안의 문관들이 몹시 바빴기 때문이라고 했다.

그 시간을 그저 멍하니 보내기도 아까워서 첫날 이후에는 근처 던전에서 용사들을 단련시켰다. 근처라지만 랭크는 A급, 트라지에서 위험도 최고봉인 던전 '용해식동혈(龍海食洞穴)'. 웬만한 모험자는 즉사할 만한 난이도를 자랑하는 던전이다. 지난번 게임에서 토우야 일행의 실력을 몸으로 느꼈지만, 크리스토프 따위보다는 확실히 위였다. 즉 A급 모험자 이상의 실력은 있다. 그렇다면 이 정도는 되는 장소에서 단련시켜주는 게 낫다.

왜 내가 용사를 단련시켜야만 하느냐고? 음, 뭐, 글쎄. 특별히 깊은 이유는 없다. 굳이 말하자면 메르피나가 모처럼 고른 용사이기도 하고, 얼마 안 되는 내 동향 출신이기 때문일지도 모른다(내가 환생자라는 말은 하지 않았지만). 짧은 기간이었지만 조금은 마음이 통하는 사이가 되기도 했으니 어디서 객사하면 뒤끝이 찜찜하지 않은가? 기왕 하는 거, 마왕을 쓰러트리는 사명을 다해주었으면 좋겠다. 나도 마왕과 싸우고 싶지만 때로는 인내도 필요하다.

"젠장, 흐늘흐늘해서 검으론 벨 수가 없어!"

"토우야, 조심해! 옥토기간토가 전기를 띠기 시작했어!"

"미야비, 나나! 후방 지원 역할은 상황 파악도 제대로 해! 앞줄 담당이 제때 후퇴하지 못할 것 같으면, 물을 얼음으로 바꿔서 발판으로 삼아! 조금은 나아질 거야!"

"아, 알겠습니다!"

"토우야는 백마법을 더 활용할 방법을 생각해! 검으로 공격해서 기술을 날리는 것만이 싸움은 아니라고!"

"오케이!"

이런 식으로 던전 안에서 몬스터와 실전을 벌이면서, 나는 각자를 지도하며 위험해졌을 때 보조 역할을 했다. 지금 토우야 일행이 싸우는 몬스터는 A급 옥토기간토다. 녹색 거대 문어에 군데군데 안테나 같은 뿔이 달려 있고, 번들번들한 가죽과 연체동물의 특성이 있어 물리 공격을 반감시키는 강적이다. 덤으로 몸에서 고압 전기를 내기 때문에 발밑이 거의 물에 덮인 이 필드에서는 유연한 전투가 요구된다.

그렇게 강력한 몬스터들과 싸움을 몇 세트 시킨 다음 적당히 휴식을 했다. 그동안에도 시간을 낭비하지 않고 기초를 끌어올렸다. 제라르가 검술을 지도, 마법사 조는 나와 에필이 마법을 지도. 처음에는 세라의 도움도 받으려고 했지만, 아무래도 그녀는 남을 지도하는 것에는 소질이 없었다. 뭐라고 해야 하나, 자기 감각으로 움직이는 천재 타입 같다.

　"여기서 확 자세를 잡고 그다음엔 퍽! 그리고 쾅! 간단하지?"

　"…네?"

　"그러니까, 이렇게 확! 퍽! 쾅! 리듬이 중요하지."

　"…켈빈 씨, 번역 좀 부탁드려요."

　"무리."

　설명하려 해도 표현이 죄다 의성어라 부정확하다. 똑같이 흑마법을 다루니 미야비에게 좋은 지도자가 될 거라고 쉽게 생각했는데, 세상일이란 뜻대로 되지 않는 법이다. 그런 세라는 클로토(전투력 특화 분신체)를 데리고 심심풀이나 하겠다며 던전 안쪽으로 모습을 감춰버렸다. 때때로 레벨업 팡파르가 들려오는 걸 보니 둘이 순조롭게 공략을 진행하고 있는 것 같다. 일단 보스를 찾으면 돌아오라고 말해두기는 했다.

　이제는 던전 안쪽으로 전진할 뿐. 레벨업과 경험치 쌓기를 반복하며 이 속도로 계속 나아갔다.

　다행히도 토우야 일행은 스테이터스가 우수하므로 어쨌거나 실전에 익숙해지게 만드는 게 목적이다. 지금까지는 그 높은 기초 능력과 스킬, 그리고 신성기사단의 보호 아래에 어려움 없이 적을 이겨내 왔을 것이다. 하지만 더 위쪽 차원을 노린다면 스스로 껍질을 깰 필요가 있었다. 이건 어디까지나 그러기 위한 밑바탕을 만들기 위한 것이고, 앞으로 또 한 단계 성장할 수 있을지는 토우야 일행에게 달렸다.

남은 건 스킬에 대한 지식이겠군. 나도 모든 걸 이해하고 있는 것은 아니지만, 현재 유용한 2배화 스킬을 가르쳐주었다. 나름대로 귀중한 스킬 포인트를 쓰는 이 스킬이 레벨을 60 정도까지 올려버린 토우야 일행에게 필요할지는 잘 모르겠다. 극비 중의 극비라고, 아무에게도 말하지 말라고 다짐하긴 했지만 좀 걱정스럽군. 무슨 일이 생기면 정좌 풀코스를 시켜버릴 테다.

참고로 세라나 제라르, 클로토는 2배화 스킬을 배우지 못했다.

스킬 항목에 2배화 스킬이 없었던 것이다. 이유는 모르겠다. 에필은 레벨 1에 무사히 습득했으니 인간이나 엘프 등 종족에 따라 습득할 수 있는 스킬이 다른지도 모른다.

"좋아, 슬슬 휴식하자!"

주위를 기척 감지로 탐색하고 안전한 것을 확인한 다음 휴식을 선언했다.

"후와… 몸이 너덜너덜해….."

"저, 정말로 하드한걸. 이렇게까지 지친 건 델라미스에서 특훈을 한 이후 처음이야."

"평소에 단련을 대충 해서 그래."

"배… 고파….."

"그러고 보니 점심때인가…. 던전 안에서는 시간을 잊어버리게 되는군. 에필, 점심 식사 준비를."

"알겠습니다."

"그럼 나는 먼저 망을 보겠다."

"미안하지만 맡길게. 틈을 봐서 교대할게."

에필이 클로토의 보관에서 피크닉 바구니와 깔개를 꺼냈다. 그것들을 솜씨 좋게 설치하고 몇 초 만에 식사 준비가 끝났다.

"츠바키 님께 하사받은 쌀을 트라지의 휴대 식량 형식으로 요리해보았습니다. '주먹밥'이라는 전통적인 요리라고 합니다. 속 재료도 트라지에서 자주 쓰는 것을 사용했습니다."

에필이 바구니를 열자 환성이 터진다.

"주, 주먹밥이다…!"

"트라지 성에서 쌀을 봤을 때에도 감동했는데, 주먹밥의 형태가 되니 더 그리운 느낌이야…."

"나, 눈물 날 것 같아…."

"반찬도 마치 피크닉 도시락 같아. 학교 점심시간 생각나."

이걸 보았을 때에는 나도 놀랐다. 에필 녀석, 일본 요리 외에도 여러 가지 음식을 트라지에서 배운 것 같다. 좋아, 좋아. 잘했어! 평소보다 많이 에필의 머리를 쓰다듬어주었다. 하지만….

"여기가 던전이라는 걸 잊지 말라고. 지금 지른 환성 때문에 몬스터가 몰려오면 큰일이잖아."

"아, 그렇구나… 조심해야지…."

"마음속에 메모."

전투 말고도 배울 게 아직 많아 보였다. 몰래 사일런트 위스퍼를 쳐뒀으니까 괜찮지만.

"그럼 잘 먹겠습니다."

""""잘 먹겠습니다.""""

"네, 맛있게 드세요."

그리운 주먹밥을 한입 먹는다. 이, 이건… 입안에서 뭉친 쌀알이 일제히 풀리고 안에 든 속 재료가 상쾌한 산미를 자아낸다. 이건 그야말로 맛의 하모니. 이건 쌀의 본고장인 현대 일본에서도 맛본 적 없는 신적인 맛. 설마, 이 이세계에서 일본식 매실장아찌까지 재현할 줄이야…. 트라지, 대단하다! 더 놀라운 것은 얼마 전에 막 배운 요리인 주먹밥을 숙련된 초밥 장인이 쥔 것처럼 절묘하게 완성한 에필의 기량! 어라, 왜 이러지. 갑자기 눈에 습기가 차서 앞이 잘 안 보여…….

"에, 에필, 또 솜씨가 향상되었구나…. 너무 맛있어서 눈물이 나와."

"이제야 조리 스킬이 S급이 되어서요. 마음을 담아 노력했습니다!"

진짜입니까. S급 조리 스킬로 만들면 이렇게 되는 겁니까. 헤헤, 감동스러워서 몸이 떨리기 시작했다…. 아니, 정말 몸이 뜨거워지는데?!

"우와, 보조 효과가 붙었어. 에필이 만든 음식을 먹어서 그런가?"

스테이터스를 보니 'S급 조리/마력 증가 대(大)'라는 문자가 보조 효과란에 적혀 있었다. 감정안으로 효과 시간을 알아보니 남은 시간 23시간 59분이라고 표시되어 있다. 우와, 하루 종일 효과가 지속되는 건가. 시험 삼아 또 한입 먹어보았다.

"맛있어…."

씹을 때마다 눈물이 나는 건 좀 곤란하군, S급 조리….

하지만 추가 효과는 붙지 않는다. 설정상 겹쳐서 걸 수는 없는 것

일지도 모른다.

"에필 씨, 고마워요. 정말 고마워요…!"

"나, 이 주먹밥 맛을 못 잊을 것 같아…!"

"눈물이 멈추지 않아…."

"당신은 신입니까?"

"으, 음… 변변치 않은 것이었는데요?"

눈물을 흘리며 인사하는 네 명. 감동하는 건 좋지만 에필이 약간 뜨악하고 있다.

"어, 먼저 먹고 있었어? 뭐야, 왜 그래…."

혼란 속에 세라 선발대가 돌아왔다. 클로토도 뿅뿅 하고 세라를 따라왔다.

"아, 아니, 그냥…. 세라는 어땠어?"

"도중에 몬스터방이 있기에 섬멸해뒀어. 무한 출현이 아니라서. 딱 흥이 날 무렵에 더 이상 안 나오게 되어버렸어."

몬스터방이란 던전 탐색 게임에 흔히 나오는, 몬스터가 대량으로 출현하는 구역을 말했다.

그 던전에 사는 몬스터들이 무한하게 몬스터가 출현하는 게 아닐까 싶을 정도의 물량으로 들끓어 나와 덮치는 가장 주의해야 할 함정 중 하나… 인데, 이렇게 가벼운 마음가짐으로 A급 던전의 몬스터방을 섬멸해버린 모양이다. 그래서 아까부터 레벨업 팡파르가 계속 울린 거로군.

"그리고 말이야, 보스를 찾았… 뭐야, 이거, 완전 맛있어!"

매우 중요한 것 같은 정보가 에필의 주먹밥 때문에 끊겨버렸다.

"후우, 배부르다. 그나저나, 뭐라고 했었지?"

"이 던전 보스를 찾았다고 했잖아."

마음껏 에필의 주먹밥을 즐기고 배를 쓸어내리는 세라. 보스에 대해서는 완전히 잊어버렸다.

"아아, 맞다. 보스 같은 몬스터를 찾았어."

세라가 자랑스럽게 그 풍만한 가슴을 폈다. 아, 미야비가 피를 토했다.

"어떤 녀석이었어?"

"그건 수룡이던데. 옛날에 책에서 본 적이 있어."

수룡… 마침내 드래곤이 나왔나. 종족으로서는 악마나 천사와 나란히 최강 종족인 것으로 알고 있다. 하급 용이라면 지금의 토우야 일행도 대처할 수 있겠지만, 용해식동혈의 보스쯤 되면 S급에 해당할 테니 어려울 것이다.

"던전의 보스라. 마왕이 부활해서 강력해졌다고 콜레트가 말했었지."

"콜레트? 델라미스의 무녀 말인가?"

"네, 우리를 이 세계에 소환한 사람입니다. 처음 소환되었을 때에는 뭐가 뭔지 몰라서 멍했어요…."

"학교 교실에서 다 같이 이야기를 나누는데 바닥에 갑자기 마법진이 나타났으니까. 그다음 눈앞이 새까매지고, 여신님이 꿈속에 나와서… 정신이 들고 보니 델라미스 대성당 안."

판타지에 흔히 나오는 패턴으로 날아왔군. 나도 남 말 할 처지는 아니지만.

"그래, 토우야 일행은 던전에 대해서 얼마나 알아?"

"마력 밀도가 높은 공간, 위험한 지역이나 방치된 건물에 몬스터가 배회하게 된 장소. 한 마디로 던전이라고 칭하지만 형태는 미궁이나 동굴, 삼림 등 다양하다. 위험한 한편으로 귀중한 아이템이나 보물도 많아 모험자가 선호해서 발을 들인다. 가장 안쪽은 던전 보스몬스터의 거처이며, 이 보스에 대한 토벌 의뢰가 길드에 나온다."

"응, 그래. 잘 공부해두었군."

미야비가 술술 던전에 대해 해설했다. 좀 이상한 녀석이지만 머리는 좋은 것 같다.

"델라미스에 있을 때에는 우리도 던전에 들어가 보스를 토벌했어요. 대부분 C급 이하 던전이었지만요."

"보스와 전투 경험은 있는 거로군. 그럼 왜 길드는 보스 토벌 의뢰를 하는 것 같아?"

"음, 보스는 강력한 몬스터라서, 던전에 들어가는 모험자들이 위험해지기 때문입니다."

"나나의 말에 보충할게. 보스가 있는 던전은 몬스터 발생률이 높아서 던전 밖으로 나가는 몬스터도 많아지니까. 주변 지역에 위해를 가하는 상황도 그에 비례해서 증가해."

"게다가 보스를 쓰러트리면 잠시 동안이나마 몬스터가 덜 흉포해진다… 고 했었나. 주기적으로 보스가 부활했다고도 들었지만."

"그래. 그러니까 길드는 보스 토벌 의뢰를 빈번히 하는 거야. 보통 한 번 쓰러트리면 길 경우 몇십 년 동안, 아무리 짧아도 1년 동안은 부활하지 않지만…. 요즘은 부활 주기가 빨라졌고 던전 랭크에 비해 보스가 강력해졌어. 내 본거지인 파즈는 다른 4국에 비해 몬스터가 약하고 평화로운 곳인데, 요즘 A급에 해당하는 보스가 나타나기도 해. 그래서 마왕 부활의 전조가 아니냐고들 하는 거지."

사실 파즈 주변의 B급 이상 던전 토벌은 내가 담당하고 있다. 다행히 그다지 수는 많지 않지만, 지금 생각하면 리오는 사람을 너무 혹사했다.

"우리가 지금 공략하고 있는 이 '용해식동혈'은 A급 던전. 그렇다면 이곳 보스는?"

"…S급 몬스터."

네 명은 진지한 표정으로 대답했다.

"서대륙으로 출항할 날도 다가오고 있어. 이걸 수련 마무리로 삼도록 하지. 세라, 안내해줘."

"알았어. 이쪽이야."

선두에 선 세라를 따라 숨겨진 통로나 파괴된 함정 옆을 지나갔다. 이 길의 몬스터는 대부분 섬멸한 듯, 도중에 마주치지는 않았다.

"오, 여기가 몬스터방이었던 장소인가."

주위가 물로 덮인 커다란 공동(空洞). 벽 쪽으로 갈수록 수위가 깊어진다. 아마 이곳에서 몬스터가 차례차례 출현했으리라. 수위가 얕은 장소에는 몬스터의 사체가 쌓여 있거나, 둥둥 떠서 핏빛으로 수면을 물들이고 있다.

이번에는 몬스터방이 얼마나 위험한지 토우야 일행에게 보여주기 위해, 클로토에게 몬스터를 흡수하지 말라고 부하 네트워크로 전달해두었다.

돌아올 때에 슬쩍 클로토의 분신체에게 먹일 예정이다.

"괴, 굉장해…! 우리는 옥토기간토 몇 마리에 고전했는데, 여긴 대체 몬스터가 얼마나 있었던 거지?!"

"시체가 너덜너덜해서 알기 어렵지만 수십… 아니, 수백 마리?"

"클로토와 분담해서 싸웠으니까 나도 정확하게는 안 세어봤어. 도중에 세기가 귀찮아져서."

당연히 옥토기간토의 시체도 여기저기 섞여 있다. 클로토와 세라는 규격을 벗어난 실력이 있기에 힘으로 돌파했지만, 토우야 일행이었다면 어려웠을 것이다. 그만큼 수적 폭력은 흉악하다.

"만약 몬스터방을 답파할 생각이 있다면, 이걸 흉내 내서 바보처럼 정면에서 싸우려고 하지 마. 평범하게 싸우는 게 무리라면 머리를 써. 조금이라도 유리한 상황을 만들어. 동료를 죽게 만들고 싶지 않으면."

"우, 그건 은근히 내가 바보 같다고 말하는 거야?"

"그런 말은 한 적 없으니까 그 주먹 내려."

진지한 분위기를 인정사정없이 파괴하는 이런 스타일, 싫지 않지만 지금은 자제해줘, 세라. 그리고 빨리 주먹을 내려주세요, 부탁합니다.

"보이네요. 물 밑에서 잠들어 있는 것 같아요."

"크네."

"크구면."

"쓸데없이 커."

보스의 거처는 거대한 땅 밑 호수였다. 창백한 빛이 암벽 틈새로 비쳐 환상적으로 아름답다. 하지만 그 땅 밑 호수에는 커다란 그림자가 숨어 있었다. 수룡이다.

"바위 뒤에서 너무 얼굴을 내밀지 마. 잠들어 있긴 하지만 들킬지도 몰라."

"""""……""""

네 명은 용에게서 눈을 떼지 않았다.

"자, 아까도 말한 것처럼 던전 보스는 주변 도시나 나라에 재앙을 일으켜. 장기간에 걸쳐 내버려두면 트라지에 위험이 미칠지도 몰라. 용사인 너희는 어떻게 하겠어?"

이게 내 최후의 시험. 토우야가 선택한 길은….

"…지금의 우리는 이길 수 없습니다. 도망치겠습니다."

"괜찮겠어? 트라지 사람들이 죽을지도 모르는데?"

"저는 세츠나를, 나나를, 미야비를 개죽음시킬 생각은 없습니다. 용사이기 전에 저는 이 녀석들의 동료입니다. 주위 사람들이 비난하더라도 무모한 싸움은 더 이상 하지 않겠습니다. 더 단련하고 대책을 생각하고, 만전을 기한 다음 다시 도전하겠습니다."

토우야가 잘라 말했다. 세츠나, 나나, 미야비도 고개를 끄덕인다.

"…합격이야. 그 마음가짐, 절대로 잊지 말라고."

"알고 있습니다. 결코 잊지 않겠습니다."

켈빈 씨의 눈을 보고 딱 잘라 말했다. 이것은 나의 맹세. 정의에 취해서 그저 마구잡이로 앞뒤 가리지 않던 나와 결별하겠다는 증표.

지금 생각하면 켈빈 씨는 신비한 사람이다. 내가 멋대로 착각해서 누명을 씌울 뻔했는데 지금은 전투 지도까지 해주고 있다. 우리 네 명이 온 힘을 다해 싸운다 해도 결코 이길 수 없을 정도의 실력. 동료들도 다 좋은 사람들이고, 조금 별나긴 하지만 켈빈 씨와 마찬가지로 바닥 모를 힘을 가지고 있다.

"오케이. 그렇다면 여기서부터는 우리가 할 일이야."

"응? 일이라뇨?"

내가 되묻기 전에 나나가 내 뜻을 대변해주었다.

"이봐, 이봐. 우리는 모험자잖아? 보스 방까지 왔으면 할 일은 한 가지밖에 없잖아. 어제 츠바키 님께 분명히 부탁도 받았고."

"서, 설마…."

"그 설마야. 좀 놀고 올게!"

세라가 망설임 없이 절벽에서 땅 밑 호수로 뛰어내렸다.

"혈기가 왕성하구먼. 이것도 젊음 덕인가."

"제라르 씨, 상념에 잠기는 건 돌아간 다음에 하죠. 주인님, 저도 지원하러 가겠습니다."

"그래, 작전대로 부탁해. 자, 제라르도 가라고, 가."

"거 참, 늙은이를 막 다루는구먼."

제라르 씨가 투덜거리면서도 절벽에서 내려간다. 에필 씨는 켈빈 씨의 하녀인 줄로만 알았는데, 전투도 할 수 있나?

"그럼 다녀오겠습니다."

"그래, 선공은 맡길게."

다음 순간 에필 씨의 모습이 사라졌다. 내가 눈을 돌린 게 아니다. 제대로 지켜보고 있기도 했다. 그런데 그 특징적인 메이드 차림의 소녀가 그림자나 기척조차 남기지 않고 사라져버렸다.

"사, 사라졌어…?"

"이건… 은밀 스킬?"

"틀렸어, 내 기척 감지에도 안 걸려. 완전히 기척이 사라졌어. 우리 눈앞에서 은밀 상태가 되다니, 믿을 수 없는 숙련도야…."

세츠나가 어디 있는지 찾으려 했지만 에필 씨를 찾아낼 수는 없는 것 같다.

"켈빈 씨, 에필 씨는 어디로…."

내 목소리를 끊고 대량의 다이너마이트가 한 번에 폭발한 것 같은, 격렬한 폭음이 울렸다. 절벽 아래를 보니 땅 밑 호수가 불꽃을 피우며 타오르고 있었다.

"저기서 쏜 것 같군."

"네, 네에?!"

켈빈 씨가 가리키는 쪽을 보자 아득히 먼 암벽 부근에 활을 든 에필 씨의 모습이 보였다.

"화, 활?! 저 참상을 활로 어떻게?!"

"여러 가지 방법이 있지. 그보다 방금 그걸로 눈을 뜬 것 같군."

바다 속에서 울리는 포효. 절대적인 공포가 몸 안쪽에서 뿜어 나온다. 몸이 떨리는 것이 멈추지 않는다.

"아하하, 조금 화가 났군. 자명종치고는 소리와 통증이 너무 컸나."

한편 켈빈 씨는 두려워하는 기색이 전혀 없다. 뿐만 아니라 농담까지 했다.

"무슨 여유로운 소리를 하시는 겁니까! 상대는 S급 보스 몬스터라고요?!"

"허둥대지 마. 자, 녀석이 보이기 시작했어."

물 밑에서 검은 그림자가 서서히 부풀어올랐다. 이윽고 물속에 잠겨 있던 그것이 기운차게 모습을 드러냈다.

"갸아아아아!"

거대한 청보라색 몸이 비상함과 동시에 포효했다. 너무 큰 굉음에 땅이 흔들리고 물이 파도친다. 푸른 용은 땅 밑 호수 수면 위에서 부유하며 주위를 둘러보았다.

"윽, 귀가…! 포효가 너무 커!"

"상태 이상에 걸린 건 아니지만 움직일 수가 없어…!"

몸이 움츠러들어 제대로 서 있기조차 힘들었다.

"내 잠을 방해하는 자는 어디 있나…!"

"의외로군, 사룡(邪龍) 주제에 말할 지능은 있나. 본래는 고룡(古龍)이었나 보지?"

용은 짧게나마 말을 했다. 음, 콜레트에게서 배운 것들 중에는 용족에 대한 정보도 있었지. 사룡이란 힘과 욕망투성이가 되어버린 타락한 용을 말했다. 스테이터스는 용을 능가하지만 그 대가로 지성이 현저히 퇴화하고 말았다. 그런데도 말을 할 만한 지능이 있는 것은 켈빈 씨의 말대로 본래 고위 용이었기 때문일까

"흥, 개미 몇 마리가 들어온 것 같군. 무리지어 덤비면 이길 수 있을 줄 알았나?"

"상대의 실력도 파악하지 못하는 당신한테서 듣고 싶지는 않은 말인데. 큰 도마뱀 씨?"

사룡의 시선 약간 위에 세라 씨가 서 있었다. 비웃는 태도가 정말 이지 도발적이다.

"우, 우와… 세라 씨, 무진장 도발하고 있어…."

"…음, 내 눈이 잘못 본 게 아니라면 세라 씨도 저 용과 마찬가지로 허공에 떠 있지 않아? 내 천보랑은 다른 것 같은데."

세츠나가 지적한 대로 세라 씨는 평소처럼 훌륭하게 버티고 선 자세로 공중에서 포즈를 잡고 있었다. 무슨 스킬을 쓴 것인지 모르지만 이 사람들은 지금도 실력을 많이 숨기고 있는 것 같다.

"연약한 인간이 무슨 소리냐! 나는 힘을 손에 넣은 위대한 용! 너희와는 격이…."

"말하는 도중에 미안하지만, 꼬리는 받아간다."

"어, 어라? 켈빈 씨?!"

내 옆에 있던 켈빈 씨가 어느 틈엔가 세라 씨의 뒤로 이동해 있었다. 그것을 인식함과 동시에 들은 것은 아까 우리가 공포에 질린 포효와는 정반대인, 사룡의 비명.

"으가아아아악?!"

"너, 빈틈투성이로구먼."

비명이 들리는 쪽을 따라가자 제라르 씨의 대검이 사룡의 꼬리를 밑동부터 잘라버렸다. 땅 밑 호수로 튼튼한 꼬리가 떨어진다.

"네, 네 이놈! 용서 못한다!"

사룡이 토해낸 브레스, 레이저 같은 그것은 가압(加壓)된 물. 닿는 사람을 묻지도 따지지도 않고 절단하는 워터 커터였다. 빠른 속도로 분출되는 물이 켈빈 씨 일행을 덮친다!

…하지만 세 명은 대화를 나누지도 않고 완벽하게 레이저를 피했다. 마치 동료가 무슨 생각을 하는지 공감하고 있는 것처럼, 세 명이 이탈한 뒤 에펠 씨가 활을 쏜다. 에펠 씨가 든 붉은 활은 끄트머리에서 홍련의 불꽃을 피워 올리고 있었다. 그 불꽃은 활을 쏘자 전투기의 제트엔진이 분사하는 것처럼 뒤로 튄다.

"처음 들은 폭음은 이 소리였나."

활을 쏠 때마다 쿠웅! 쿠웅! 하는 폭음이 울려 퍼진다. 이건 거의 활이 아니라 전차포였다. 발사음도 엄청나지만 사룡에게 활이 맞을 때 생겨나는 폭음도 어마어마했다. 이 정도 마법?을 연달아 쐈는데도 에펠 씨는 MP가 떨어질 조짐이 없다. 정말 메이드세요?!

"그, 오오오오…."

사룡이 약해진 눈으로 에펠 씨가 있던 암벽을 보았지만, 에펠 씨는 이미 거기에 없었다. 모습을 감추고 다음 저격 지점으로 향한 것일까?

"자, 자, 딴 데 보기 없기!"

세라 씨가 사룡의 뒷머리에 추가로 주먹을 날렸다. 위력이 엄청난지 사룡은 그 거대한 몸째로 땅 밑 호수로 빠르게 낙하했다.

솔직히 이다음부터는 전투라고 부를 만한 것이 아니었다. 사룡이 청마법을 외우면 켈빈 씨가 마법으로 상쇄하고, 힘으로 밀고 나가려고 하면 제라르 씨에게 밀린다. 세라 씨의 주먹을 맞으면 어째서인지 약해지고, 빈틈을 보이면 에펠 씨가 폭격을 날린다.

"하하하…. 네 주인, 정말 대단하네. 나도 언젠가는 저렇게 될 수 있을까?"

나도 모르게 슬라임 클로토에게 그런 말을 흘렸다. 파르르 하고 고개를 갸웃거리는 것 같은 동작을 하는 이 슬라임도 어쩌면 규격을 벗어난 녀석일지도 모르지. 켈빈 씨는 정말로 신비로운 사람이다.

…트라지 항구.

사룡을 토벌한 다음 날, 토우야 일행에게 서대륙으로 출항해도 좋다는 허가가 내렸다. 출발 준비 자체는 며칠 전에 이미 끝났는지, 곧바로 배가 정박한 트라지 항구로 가게 되었다. 우리는 배웅하러 갔다.

"용사님! 출항 준비가 되었습니다!"

트라지의 선원이 활기찬 목소리로 외쳤다. 그 말에 토우야는 쓴웃음을 지으며 대답했다.

"하하, 용사님이라고 부르지 마. 우리는 그저 모험자라는 걸로 통하고 있잖아?"

"아, 죄송합니다! 제가 그만 실수를…."

"이제부터 조심해주면 돼. 바로 배에 탈 테니까 기다려."

선원이 배로 돌아가는 것을 배웅한 네 명은 이쪽을 돌아보았다.

"켈빈 씨, 그리고 여러분. 짧은 기간이었지만 신세 많이 졌습니다."

"내가 멋대로 끌어넣은 거야. 고마워할 필요 없어. 그나저나 출항 허가는 방금 내렸잖아. 벌써 가는 거야?"

"사실은 훨씬 전에 출발했어야 해요. 게다가 언제까지고 민폐를 끼치고 있을 수도 없으니까요."

"그러니까 별로 민폐가⋯."

뒤에 있던 제라르가 내 어깨에 손을 올려 말을 멈춘다.

"이 녀석 나름대로의 각오인 게다. 잠자코 보내다오."

"후우, 일직선인 면은 결국 변하지 않았군⋯. 선물이야, 받아."

클로토의 보관에서 어떤 것을 꺼내 네 명 각각에게 던져주었다.

"어어엇⋯. 켈빈 씨, 이건?"

"펜던트⋯ 인가."

"그래, 즉석에서 만들었어. 뭐, 부적 대용이라고 생각해."

던져준 것은 각각의 속성을 본뜬 펜던트. 스테이터스를 아주 조금 상승시키는 효과와, 또 하나 비밀스러운 효과를 가진 장비다. 사용할 일이 없는 게 가장 좋겠지만 만에 하나 때가 닥치면 도움이 될 거라고 생각했다. 대장 스킬로는 액세서리를 만들 수 없기 때문에 트라지 장신구 장인에게서 스킬 이터로 스킬을 빌렸다.

"⋯츤데레?"

"미야비, 넌 끝까지 말이 한 마디 많군."

조금 눈치 있게 구는 게 이렇다. 뭐, 그게 미야비의 매력이리라.

"우아⋯. 내 건 얼음 결정 모양이야. 켈빈 씨, 감사합니다! 소중히 간직할게요."

"그래, 나나도 문과 함께 열심히 해. 그 드래곤도 이제 어린 용에서 성룡(成龍)으로 진화할지도 몰라. 배낭에 다 들어가지 않게 될지도 모르겠네."

"갸우!"

"아이 참, 문! 그런 말 하면 안 돼."

뭐라고 말했는지는 모르지만 문은 나나의 배낭 안이 마음에 드는 모양이다. 차창 밖으로 고개를 내미는 개 같네. 너무 어리광을 받아주는 건 좋지 않을 텐데….

"트라지에서는 마음고생이 적었던 것 같아요. 이것도 켈빈 씨 덕분일지도 모르겠네요. 정의밖에 모르는 이 바보의 성격을 고쳐주셔서 감사합니다."

"세츠나는 앞으로도 고생이 많겠지만, 마음을 굳게 먹어. 저래도 일단은 너희 용사의 리더니까."

"네에… 노력할게요…."

"뭔가 말투가 너무하잖아!"

하지만 토우야도 심신 모두 성장했다. 세츠나의 마음고생도 조금은 나아져가지 않을까. 조금은.

"서대륙에서 무슨 일이 일어날지는 모르지만 열심히 해볼게요!"

"토우야, 너는 노력하는 방향을 잘못 잡지 않도록 해."

"하하, 저도 참 신용이 없네요."

토우야 일행에게 자기 고유 스킬 효과에 대해 말하지 않도록 철저히 주의시켜두었다. 설령 상대가 우리들이라 해도. 감정안으로 스테이터스를 보았다 해도, 효과를 모르는 고유 스킬은 그것만으로 어드밴티지가 된다. 그 때문에 토우야의 '절대 복음'과 세츠나의 '참철권'이 구체적으로 어떤 스킬인지 알 수는 없었지만, 목숨에 비하면 별것 아니다.

"그럼 켈빈 씨, 저희는 슬슬 가볼게요."

"이런, 벌써 시간이 이렇게 됐군. 에필."

"네. 여기, 간단하게나마 도시락을 싸보았습니다. 배 안에서 드세요."

바로 출발했다는 말을 듣고 에필이 서둘러 만든 4인분 도시락이다. 어제 먹은 주먹밥이나 샌드위치 등 현대풍으로 만들었다.

"에필 씨! 정말 고마워! 진짜로!"

"신이다!"

"또 에필 씨가 직접 만든 음식을 먹을 수 있다니…!"

"소중히 문이랑 같이 먹을게!"

휙휙 손을 잡으며 인사하는 네 명. 이봐, 너희들. 내가 선물을 줬을 때보다 훨씬 자연스럽잖아. 특히 미야비, 상대가 에필이 만든 음식이니 내가 밀리는 건 사실이지만! 나도 위장이 에필의 음식에 꽉 잡혀 있지만 말이야!

"곧 출항합니다! 승선할 분은 서둘러주세요!"

선원이 큰 소리를 질러 출항 준비가 되었음을 알렸다.

"자, 늦겠다."

"아아, 서둘러야겠네! 다들 뛰자!"

"아앗, 기다려!"

토우야 일행은 배 갑판으로 뛰어올라 난간에서 다시 한번 얼굴을 내밀었다.

"켈빈 씨, 당신이 가르쳐준 것, 절대로 잊지 않을게요…!"

"또 만나요…!"

"다음에는 이길 수 있을 만큼 강해져서 올게요! 감사했습니다!"

"이하동문…! 다음에는 안 질 거야…!"

결국 네 명은 배가 보이지 않게 될 때까지 우리에게 손을 흔들어주었다. 내 변덕에 휘말린 것뿐인데, 조금 죄책감이 느껴진다.

"주인님은 정말 상냥하세요."

"음, 저 녀석들도 얼굴이 밝아졌구면."

"무슨 이상한 소리야. 내 변덕으로 어울려준 것뿐인데. 슬슬 점심시간이네. 우리도 밥 먹으러 가자."

"아이 참, 부끄러워하긴."

"안 부끄러워!"

…그나저나 서대륙인가. 리제아 제국도 거기 있었지.

제라르에게 부하 네트워크를 통해 말했다.

『제라르, 만약 우리가 지금 리제아 제국에 싸움을 걸면 이길 수 있을까?』

『무슨 소리냐? 갑자기.』

『너와 한 계약 말이야. 질드라라는 녀석에게 원수를 갚기로 약속했잖아?』

『가하하! 기억하고 있었나. 잊은 게 아닌가 했다!』

『그런 중요한 걸 잊을 리가 있겠어.』

그렇다, 제라르와 한 계약은 질드라를 쓰러트리고 조국 알카르의 원수를 갚는 것이었다. 나는 아직 그 소원을 이뤄주지 못했다.

『글쎄다…. 내가 살아 있던 시절과는 또 상황이 다르니까. 질드라가 아직 제국에 속해 있는지도 알 수 없고. 게다가 제국은 서대륙 최고의 강국이었다. 델라미스와 아직도 으르렁거리는 걸 보면 힘이 쇠퇴한 것도 아니겠지. 아무리 우리가 강해졌다 해도 제국을 상대하는 것은 위험하다.』

『그런가…. 우선은 정보부터 수집해야겠네.』

『나는 별로 급하지 않다. …본심을 털어놓자면, 계약했을 때에는 무리라고 생각했다.』

『이봐이봐, 그래놓고 나랑 계약한 거야?』

『들어봐라. 그대로 성에 틀어박혀 있는 것보다는 희망적이라고 생각했다. 처음에는 그런 희미한 희망이었지. 헌데 왕과 여행을 하게 되고, 에필이 동료가 되고, 세라가 동료가 되었다. 지금은 S급 몬스터도 쓰러트릴 수 있게 되었지.』

제라르는 하늘을 올려다본다.

『왕이여, 감사했다. 불가능했던 내 희망은 지금은 실현 가능한 수준으로 올라왔다. 계약이 달성되었을 때 나는 왕을 진정한 주인으로 인정하겠다.』

『그래, 그때까지는 임시 주인으로 충분….』

우읏…. 세라가 등에 매달렸다.

"잠깐, 둘이 무슨 이야기를 수군수군 나누는 거야?"

에필도 로브 소맷자락을 꾹 붙잡고 고개를 든다.

"따돌리시면 싫어요…."

"알았어, 알았어! 둘한테도 얘기할 테니까 세라는 내려와! 에필은 슬퍼하지 마!"

"가하하! 왕이여, 일단 식사를 하자. 이야기는 그런 다음에 하고!"

성큼성큼 앞서가는 제라르를 따라간다. 세라를 업고 에필의 손을 잡은 채, 동료의 무게를 직접 느끼며.

이곳은 트라지 성의 조리장. 토우야 일행이 던전에서 수업을 하다 지쳐 쉬는 동안, 나와 에필은 츠바키 님의 허가를 받아 틈만 나면 여기 출입했다. 목적 중 하나는 에필에게 트라지 요리를 배우게 하는 것, 다음은 츠바키 님과 교류를 꾀하는 것이다.

"그나저나 에필이 만든 음식은 실로 맛있구나. 지금은 우리 성 요리장이 배우는 쪽이 되어버렸노라. 켈빈이여, 정말로 에필을 나에게 줄 수는 없는가? 그래, 그대들 모두 트라지를 섬기는 것이 어떻겠는가! 사룡을 쓰러트린 그 실력, 짐의 밑에서 써주었으면 한다!"

"계속 거절했을 텐데요, 츠바키 님. 에필은 제 소중한 동료입니다. 저 자신도 자유를 사랑하는 몸이라고 처음 뵈었을 때 말씀드렸습니다."

처음에는 오로지 요리를 배우기 위해서 왔지만, 몇 번 방문하다 보니 츠바키 님은 에필이 만든 음식에 흥미를 가졌다. 아마 성 병사들이나 시녀들에게 완성된 음식을 나눠준 것이 원인이리라. 현재 S급 조리 스킬로 성장한 에필의 요리는 트라지 성 요리장의 실력을 훨씬 능가했다. 요즘은 맛을 조절할 수 있게 되었지만 그전까지는 한입 먹으면 눈물이 터져 나올 정도로 맛있었다. 그런 엄청난 요리 이야기를 츠바키 님이 어디선가 들은 것이리라. 대접한 다음 날, 조리장으로 오자마자 에필을 유혹하기 시작했다. 아무래도 미식을 추구하는 일본인의 마음은 이 나라에도 계승된 모양이다.

참고로 에필은 조리장 사람들을 지도 중이다. 음식 만드는 법을 배우던 이 시간이 지금은 에필이 요리사들에게 지도하는 시간이 되어버렸다. 보통은 반항하는 사람도 있을 텐데, 에필의 가련한 용모와 친절하고 정중하게 가르치는 태도, 그리고 압도적인 요리 실력에 다들 마음이 사로잡힌 것 같다. 개중에는 뺨을 살짝 붉힌 사람도 있다. 이 정도면 거의 팬이다.

"음, 역시 안 되는가. 아니, 안 되리라는 것을 알고 물어보았노라. 실로 유감이구나…."

"그런 표정 짓지 마세요. 우리가 머무는 동안에는 매일 오겠습니다."

"정말이냐?! 약속이다!"

"네, 약속하겠습니다."

알현할 때에는 범상치 않은 분위기를 풍기던 츠바키 님이었지만, 몇 번 이야기를 나누다 보니 완전히 친해졌다. 집무를 볼 때와 개인적인 때를 확실히 구별하고 있는지 평소에는 나이에 걸맞은 여자아이 같다. 지금은 평범한 친구 같은 느낌이다. 전에 '반말로 불러도 된다. 태도를 삼갈 필요도 없다'는 말까지 들었지만, 아무리 그래도 그건 사양했다. 아무리 친해졌다지만 다른 사람들의 눈도 있다. 또 시험받은 것일지도 모르지만 입장의 차이에 따른 최소한의 예의는 언제나 필요하다. 이것도 상당히 친근한 태도로 대하는 거고.

"하지만 슬슬 파즈로 돌아갈 때가 되었네요."

"이런…. 용사도 그렇고, 그대도 갑작스럽구나."

"너무 오랫동안 떠나 있을 수는 없습니다. 요즘은 파즈 일대에도 위험한 몬스터가 나타나니까요."

경계를 강화하고 있지만 아직 파즈의 모험자 길드에는 최고 C급 모험자까지밖에 없다. 아무리 리오의 보증으로 멀리 나왔다지만 그 도시에는 안제나 클레어 씨, 올드 씨, 그리고 알고 지내는 모험자들이 있다. 그 후로 메르피나의 연락도 없으니 신경이 쓰여서 슬슬 돌아가고 싶었다.

"파즈는 평화의 도시라는 이름대로 4국의 평화를 상징하는 도시, 켈빈 일행이 지켜준다면 든든하다. …그대의 실력이 조금 아깝지만 말이지."

"츠바키 님의 뜻에 부응할 수 있도록 노력하겠습니다."

"그래. 마음이 바뀌면 언제든 트라지의 문을 두드리도록 하라."

지금은 그럴 생각이 없지만, 한 나라의 국왕과 이렇게까지 친한 관계가 된 것은 수확이다. 츠바키 님은 입장상 같은 세대와 이야기 할 기회가 적었다. 앞으로도 좋은 친구로 지내고 싶다.

"츠바키 님, 시험 삼아 일본풍 과자를 만들어봤는데, 의견을 주시겠습니까?"

"에, 에필의 신작 과자라고?! 먹겠다, 먹겠노라! 꼭!"

"츠바키 님, 일단 신하 앞인데…."

그나저나 이 국왕, 개인적인 면을 보일 때에는 너무 허술하다.

"돌아왔어~."

"지금 돌아왔습니다."

츠바키 님과 인사를 마치고 숙박하고 있는 여관으로 돌아왔다. 제라르는 아직 부재중인 것 같지만 세라는 이미 방으로 돌아와 있 었다.

"어머, 어서 와. 오늘도 성에 갔었어?"

"응. 세라는 뭐 하고 있었어?"

"온 힘을 다해 낚시를 했지! 켈빈이 말한 대로 필요 없는 건 도로 놓아주고 왔어."

"그, 그래…."

지난번 약속한 대로 틈이 날 때마다 세라에게 낚시를 가르쳐주었는데, 이 방면으로도 이상한 재능을 발휘하고 말았다. 감지 계열 스킬이 풍부해서 그런지 순간적으로 사냥감이 있는 장소를 파악. 정확하게 낚싯대를 놀려 유도하고 그 가느다란 팔을 볼 때에는 상상조차 할 수 없는 힘으로 자유자재로 파워풀한 낚시를 선보였다. 그것도 낚시 스킬 없이. 지금은 수수께끼의 미녀 낚시꾼으로 트라지에서 유명해져버렸다.

"오늘 상대는 꽤 강적이었어. 3미터쯤은 됐나?"

그 정도면 참다랑어 수준 아니야? 시판 낚싯대로 뭘 낚고 있는 거야?

"하하하…. 다행이네. 나도 봤으면 좋았을걸."

"안심해, 오늘 저녁식사 메인 요리로 하려고 가져왔으니까!"

너, 그렇게 어마어마한 걸 필요한 몫으로 판단했다는 거로군….

"…그거 누가 손질해?"

"물론 에필이. 주방에 뒀어."

주방에 그렇게 큰 걸 두면 여관에도 민폐잖아. 아무리 그래도 다랑어 수준의 물고기를 손질하는 건 에필에게도 무리 아닐까….

"보고 왔습니다. 사시미와 조림, 타타키(주7)로 만드는 것도 좋겠네요. 지금 손질하고 올게요. 주인님, 뭐 바라는 조리 방식이 있으신가요?"

"아아, 응. 에필 마음대로 하면 돼."

주7) 타타키: 생선이나 고기의 살을 두드리거나 겉만 구워 내는 요리.

"알겠습니다. 실력을 발휘해볼게요."

아무래도 내가 모르는 사이에 손질법도 마스터한 것 같다. 트라지 성 요리장, 그런 것까지 가르쳤나.

"왕이여, 주방의 저건 뭐냐?! 새로운 몬스터인가?!"

제라르도 돌아왔다. 그리고 보고 왔나.

"실례잖아. 내가 낚아 온 엄연한 생선이야. 고급으로 통한다던데."

"저, 정말이냐?"

"네. 용해에 사는 구로마(주8)라는 고급 생선입니다. 요리하는 보람이 있어요."

"괜찮아. 아마 무지 맛있을 테니까."

난 더 이상 아무것도 지적하지 않을 테다. 정보만 전달해두자.

"아아, 그래. 전원이 집결한 김에 전달할게. 3일 후에는 파즈로 돌아가려고 해. 각각 돌아갈 준비를 해둬."

델라미스의 용사인 토우야 일행이 서대륙으로 건너간 뒤에도, 켈빈 일행은 짧은 기간이나마 트라지에 머물렀다. 그 무렵 켈빈과 에필은 트라지 왕의 초대를 받아 때때로 성에 출입을 반복했다. 그러다가 성 사람들과도 그럭저럭 아는 사이가 되고 친해지기도 했는데, 반대로 골치 아픈 일도 있어서….

"켈빈이여, 어떠냐? 트라지를 섬길 생각은 정말로 없는가? 지금이라면 가장 명예로운 나의 츠바키 호위대로 임명하겠다. 이러한

주8) 구로마: 참다랑어를 뜻하는 일본어 '마구로'의 변형.

좋은 기회는 이제 없을지도 모르는데?"

"몇 번이고 말씀드리지만 저는 그럴 생각이 없다니까요. 폐하도 포기할 줄을 모르시는군요."

이미 몇 번째인지 모를 츠바키의 권유를 받고 있었다. 그것도 국왕의 개인실인 일본식 방에서다. 차를 마시며 잡담을 꽃피우던 와중에 일어난 일이었다. 본래 세계에서 손꼽히는 대국인 트라지 왕이 몸소 권유하는 것은 생각할 필요도 없이 받아들여야 할 일이지만, 모험자란 까다로운 법이라 누구에게서도 구속받지 않는 것을 좋아했다. 특히 상위 모험자일수록 그런 경향이 커서 켈빈도 마찬가지였다. 요컨대 대가가 무엇이든 받아들일 리가 없다.

"그게 내 좋은 점이다! 갖고 싶은 것은 갖고 싶은 법! 타협도 하지 않고, 결코 꺾이지 않는다!"

"용사에게 보여주었던 그 위엄은 어디 두고 오신 건가요…."

하지만 츠바키도 포기할 줄 모르는 성격인지 켈빈이 몇 번 권유를 거절해도 포기하지 않는다. 다람쥐 쳇바퀴 도는 것처럼 반복된다. 계속 평행선을 그릴 뿐. 자유롭고 싶은 모험자와 인재에 집착하는 국왕 사이에서 무한 루프가 펼쳐지고 있었다.

"주인님, 점심은 무엇으로 할까요?"

"짐은 생선구이를 원하노라."

켈빈에게 던져본 질문에 어째서인지 츠바키가 제일 먼저 대답했다. 이 국왕, 전혀 망설임이 없다.

"그렇다면 세라 씨가 낚은 신선한 생선이 있습니다."

"음, 상관없다."

"여러 가지로 지적하고 싶은 게 많지만 됐습니다. 에필, 나도 같은 걸로."

"알겠습니다. 황금색으로 잘 구워드리겠습니다."

"에필이 온 다음부터 매일매일 식사가 기대되는구나. 우리 성의 요리사 실력도 함께 좋아져서 정말로 더할 나위가 없다! 어떠냐, 에필. 짐 전속 요리사가 될 생각은 없느냐?"

참고로 에필에게 권유하는 건 이게 네 번째다.

"저 같은 사람에게 권유해주셔서 감사합니다. 하지만 거절하겠습니다. 제 몸과 마음은 주인님의 것이니까요…. 몇 번을 말씀하셔도 제 의지는 변하지 않습니다."

"호오, 그렇게까지 딱 잘라 말하는가. 남자로 태어난 보람이 있구나. 그렇지 아니한가, 켈빈?"

"네, 뭐…."

"흐음! 부끄러우냐? 이런이런, 부끄러운 것이냐?"

"놀리지 마세요. 순수하게 기쁜 것뿐입니다."

그렇게 말하지만 켈빈의 얼굴은 약간 빨개졌다. 에필의 선언과 츠바키의 놀림이 더해져 흔치 않게도 부끄러움을 느끼는 것 같았다. 그런 주인의 모습을 주인님 지상주의를 내건 에필이 놓칠 리가 없었으니….

"주인님, 체온이 조금 높으신 것 같은데, 몸이 안 좋으신가요?"

"괜찮아, 좋아. 행복해서 가슴이 벅찰 지경이야…."

이 자리에 제라르가 없는 것에 진심으로 감사하는 켈빈. 만약 있었다면 더한 공격이 켈빈을 덮쳤을 것이다. 그렇게 되면 검은 기사와 젊디젊은 소녀왕은 의기투합해서 더욱 귀찮은 사태를 초래했을 것이다. 나아가 츠바키가 제라르에게도 권유를 하기 시작했을 것이

고… 아무튼 부재중이라 정말 다행이다.

제라르는 용사와 헤어진 뒤 켈빈과 서로의 유대감을 확인한 사이다. 설령 그렇게 된다 해도 에필처럼 바로 고사할 것이다… 라고 잘라 말할 수 없는 것이 장난기 넘치는 기사님의 나쁜 점이다.

"허나 그대들은 가드가 두텁구나. 기왕 이렇게 된 것, 짐의 시종으로 섬기게 해줄 수도 있다만?"

"츠바키 님, 츠바키 호위대에서 포지션 랭크가 떨어졌는데요?"

"아니, 아니, 보기에 따라서는 올라간 게 아니냐? 시종이 되면 아침 옷 입기부터 밤 목욕까지, 여러 가지 시중을 들게 되니까 말이다! 내 입으로 말하기도 조금 그렇지만, 짐도 나름대로 가련하다. 켈빈에게 그쪽 취미가 있다면 승산도 없지는 않다!"

"…네, 뭐."

의기양양하게 가슴을 펴는 츠바키. 급기야 자기까지 내걸고 몸을 던져 유혹하기 시작했다. 켈빈은 솜씨 좋게 도망칠 수단을 모색하고 있다.

"그렇군요, 요컨대 제가 하는 일과 똑같네요."

"쿨럭, 쿨럭!"

에필이 갑작스럽게 말해서 츠바키가 격렬하게 기침을 했다.

""츠바키 님?!""

"괘, 괜찮다. 예상 밖의 말을 듣고 조금 놀란 것뿐이다…. 허나 켈빈. 그대, 겉모습과 다르게 그… 파, 파렴치하구나!"

아까의 켈빈보다도 얼굴이 빨개져 뒷길음질을 치는 이 나라의 왕. 유감스럽지만 이래도 대국의 왕이다. 츠바키는 의외로 순진했다.

"먼저 말을 꺼낸 건 츠바키 님이시잖아요⋯. 에필도 남들 앞에서 그런 말 하지 마."

"⋯⋯? 부끄러운 말은 전혀 하지 않았는데요?"

이 메이드, 망설임이 없다.

"그래도 내 체면에 지장이 있어. ⋯⋯그럼 단둘이 있을 때에 일어나는 일은 우리만의 비밀이야. 아무에게도 말하면 안 돼."

"주인님과 저만의⋯ 알겠습니다."

승낙하는 에필의 표정과 목소리는 몹시 평범하지만, 엘프 귀는 감정을 숨기지 못했다. 구체적으로 어떻게 말하지는 않겠지만 충견처럼 반응했다고만 말해둔다. 이 메이드, 망설임이라고는 조금도 없다.

"음, 이 방법도 안 된다니 꽤 어렵구나⋯."

"츠바키 님, 한 말씀 드려도 될까요?"

"무엇이냐?"

"왜 그렇게까지 인재를 모으려고 노력하시는 거지요? 트라지는 대국이고, 수룡왕의 가호를 받고 있다고 들었는데요."

켈빈이 아까부터 느끼던 의문을 던졌다. 인재 등용에 욕심을 내는 것은 상관없지만 츠바키가 너무나 집요하기에 그렇게 생각한 것이다. 이 정도면 조금 이상하다. 그 질문에 츠바키는 의미심장하게 자세를 바로잡고 돌아본다.

"음! 짐의 취미다!"

"에필, 오늘은 돌아갈까."

"아아, 잠깐! 농담, 농담이다. 절반은!"

아무래도 남은 반은 진심이었던 모양이다. 하지만 츠바키도 더 이상 장난을 치면 역효과라고 생각했는지, 델라미스의 용사에게 보였던 트라지 왕으로서의 편린을 약간 엿보였다.

"타국에서는 수룡왕이라 불렸던가. 확실히 이 트라지는 용신님의 가호가 지키고 있다고들 하지. 대전(大戰) 중에 해상으로 침공하는 적군 모두가 흔적도 없이 장사지내진 것이 유래이니라. 역사를 거슬러 올라가면 과거에는 흉악한 몬스터가 출현했을 때 용사님들이 나라를 구해준 적도 있었다고 했다. 서책에 따르면 엄청난 슬라임이었다고 하더군. 그야말로 거짓말 같은 이야기 아니냐?"

"하하하, 그러게요…."

켕기는 것이라도 있는지 켈빈은 억지웃음을 띠고 시선을 돌렸다. 사실은 그 슬라임과 같은 종족이 클로토라고는 입이 찢어져도 말할 수 없다. 뭐, 말해봤자 츠바키가 더욱 힘주어 권유를 하게 될 뿐이겠지만.

"허나 언제까지고 용신님의 가호만 받고 있어서야 한심하지 않은가. 짐의 대에서 가능한 한 트라지를 강력하게 만들 것이다. 그것이 짐의 바람이다."

츠바키는 방 창가에서 자기 나라를 바라보며 눈을 가늘게 뜬다.

"서쪽 델라미스에는 무녀와 용사, 북쪽 가운에는 수왕(獸王)과 그 자식들이, 동쪽 트라이센에는 심지어 대군(大軍)과 그들을 이끄는 장수들이 있다. 특히 요즘은 켈빈이 해결한 흑풍 건도 그렇고, 그 나라들의 움직임이 수상쩍다. 허니 방비해두어서 지나칠 건 없다. …어떤가, 이해했는가?"

"네, 뭐. 그 생각은 저도 찬성합니다."

"오오! 그렇다면!"

탁자에서 몸을 내미는 츠바키에게 켈빈이 한 손을 내밀어 제지했다.

"하지만 그것과 이건 다른 이야기입니다. 제 뜻은 변함이 없어요."

"이렇게까지 털어놓았는데, 너무하도다!"

탁상에 놓인 귤을 손에 들고 쌀쌀맞게 말하는 켈빈에게 츠바키가 다시 항변했다. 켈빈은 귤을 먹으며 생각했다. 내버려두면 이게 반복되겠군 하고. 그리고 에필에게 귤을 가볍게 매만져달라고 하면 단맛이 더 강해져서 맛있었을 텐데 하고. 그리하여 화제를 바꾼다.

"그나저나 수룡왕은 강하신가 보네요. 어쨌거나 최강종에 해당하는 용의 우두머리이니까요. 저도 한 번 만나보고 싶습니다."

거짓말은 아니지만, 제대로 말하자면 한번 만나서 싸워보고 싶다… 고 해야 맞다.

"뭐라, 용신님께 흥미가 있는가? 용해에 가보겠느냐?"

"네?"

귤의 흰 부분을 뜯어내며 츠바키가 그런 말을 했다.

용해에 면한 풍요로운 대지를 가진 트라지는 어업이나 농업이 번창했다. 예로부터 이 땅에 전해지는 농법, 다른 곳에서는 볼 수 없는 조선술… 그 모두를 충분히 활용해온 이 나라는 세계에 유례가 없을 정도의 산업 국가로서 대두했다.

나라를 유지하는 데에 크게 공헌하는 자는 걸맞은 대우를 받는다. 대농장을 경영하는 자. 선단을 짜 대량의 생선을 시장에 보급하는 자. 부류는 여러 갈래다. 실력을 인정받은 어부를 예로 들자면, 그 힘에 따라 조업 가능 범위가 넓어져 희귀한 어류를 입수할 수 있게 되는 식이다.

단, 아무리 엄청난 일류 어부라 해도 들어올 수 없는 장소가 이 바다에는 존재했다. 바다 위에 길을 형성한 것처럼 늘어선 붉은 토리이(㈜9). 트라지 왕의 허가가 없는 한 누구도 침입할 수 없는, 수룡왕의 거처로 이어지는 용해의 절대 침입 금지 구역. 그곳이 켈빈과 에필이 츠바키에게 안내받아서 온 이 '홍사(紅社)의 용도(龍道)'이다.

"오오. 절경을 독점할 수 있군…!"

"장대하다고나 할까. 훌륭하네요."

지평선까지 펼쳐진 용해에 배의 모습은 없고, 육지에도 켈빈 일행 이외에 사람이 보이지 않는다. 혼잡하던 해수욕장이 거짓말 같았다.

"음. 트라지의 백성이라 해도 1년에 한 번 있는 축제 때에만 볼 수 있는 신성한 장소다. 알겠느냐? 그대들이기에 특별히! 데려온 것이다!"

"츠바키 님, 감사합니다."

"츠바키 님의 관대한 마음에 감복할 따름입니다."

"음! 그렇겠지, 그렇겠지!"

트라지 왕이 만족한 건 좋은데, 문제는 이다음부터다. 수룡왕의 거처로 이어지는 홍사의 용도에 온 것까지는 좋다. 하지만 문제의 거처가 보이지 않는다.

㈜9) 토리이: 신사의 입구에 세우는 두 기둥 사이에 횃대를 걸친 형태의 문.

"그런데 츠바키 님, 수룡왕님은 어디에?"

"용해님 말이냐? 저쪽 아니냐."

"저쪽?"

츠바키가 손에 든 부채로 가리키는 곳, 바다에 이어진 토리이 안쪽. 그곳은 바로 용해 한가운데인데.

"……"

"그 눈은 무엇이냐! 말해두지만 짐은 거짓말을 하지 않았다! 본래 토리이를 따라 바다가 갈라지는, 보기만 해도 압권인 바닷길이 생기지. 허나 용신님은 조금 변덕스러운 분이셔서, 진정 마음이 내키실 때가 아니면 이끌어주시지 않는다. 짐조차 마지막으로 만나 뵌 것은 먼 옛날… 뭐, 그러니 낙심하지 말라!"

츠바키가 깔깔 웃으며 켈빈의 등을 탁탁 두드렸지만, 그 어깨는 눈에 띄게 처져 있었다. 마치 눈앞에 내밀었던 당근을 도로 뒤로 물렸을 때의 말 같아서, 얼마나 기대했는지 상상하기 어렵지 않다. 에필이 말없이 등을 쓸어주자 잠시 후 회복했다.

"…뭐, 이 풍경을 본 것만으로 만족할까."

"오오, 부활했는가. 켈빈은 굶주려 있구나. 그 헝그리 정신, 우리 병사들도 본받아주었으면 좋겠다."

츠바키가 농담을 섞어 그렇게 말했지만, 그녀의 경우 또 반은 진심인 것 같다. 거느린 병사들이 모두 이런 전투광이 되면 큰일이다.


"어라, 켈빈이랑 에필이잖아! 당신들도 낚시하러 왔어?"


"뭐?"

낯익은 명랑한 목소리에 켈빈은 그 방향으로 고개를 돌린다. 새
빨간 머리카락을 묶어 바닷바람에 나부끼며, 에필의 수제 차이나
드레스풍 사복을 입은 미녀. 세라다. 아무래도 저쪽 제방 뒤에 있어
서 켈빈 쪽에서는 보이지 않았던 것 같다.

"세라잖아. 왜 여기에?"

"왜냐니, 나도 츠바키가 안내를 해줘서 왔어. 좋은 낚시 포인트
가 있다고! 덕분에 진귀한 생선이 획획 낚이고, 아무도 없어서 독점
상태야! 켈빈이랑 에필도 그렇지?"

양동이라기보다는 욕조 크기에 가까운 생선을 넣는 용기를 보란
듯 내미는 세라. 그 안에서는 크고 작은 수많은 생선이 헤엄치고 있
어 마치 작은 수족관 같았다.

"호오! 작은 편이긴 하지만 구로마까지 있지 않으냐! 짐은 이걸
좋아한다!"

"어머나, 그건 어제 먹어서 놓아줄 예정이었는데 줄까?"

"정말이냐?! 크크크, 켈빈이여. 그대는 좋은 동료를…."

츠바키는 괜찮은 느낌으로 마무리하려고 했지만, 그렇게 뜻대로
하게 둘 수는 없었다. 켈빈이 그녀의 어깨에 손을 올린다.

"츠바키 님, 왜 세라까지 데려오신 걸까요?"

"어, 음, 순수하게 좋은 낚시터가 있다는 것을 가르쳐준 것뿐이
다만?"

완벽하게 시선이 허공을 헤엄치고 있다. 육지 위이지만 훌륭하게
헤엄치고 있다. 역시 수국의 왕이라고 칭찬해야 할까.

"엄중하게 출입을 금지하고 있는, 신성하다는 이 장소에?"

"그렇다만? 짐은 거짓말을 하지 않는다."

"아, 그러고 보니 트라지에서 장수로서 일하지 않겠느냐고 권유받았었지! 바로 거절했지만!"

배신의 세라가 고발했다. 시원시원할 정도로 밝게 그렇게 말하는 그녀에게 악의는 전혀 없었겠지만, 성역을 낚시터로 제공한 츠바키의 친절은 훌륭하게 배신당했다.

"이, 이것 보라! 그것은 짐과 세라만의 비밀이라고⋯."

"주인님, 저쪽에 제라르 씨도 오셨네요."

이번에는 반대쪽을 에필이 가리킨다. 눈을 가늘게 떠야 겨우 보이는 아득히 먼 곳에 비치 체어에 누운 검은 갑옷의 모습이. 선글라스라도 쓰면 완전히 바캉스 느낌이다.

선탠이라도 하러 온 것일까? 피부라기보다 그의 갑옷은 이미 충분하고도 넘칠 정도로 새까만데. 확실히 제라르는 육체를 실체화할 수 있게 되었지만, 온몸이 갑옷에 덮인 상태로 선탠을 하는 게 의미가 있는지 캐묻고 싶다. 켈빈은 그런 욕구에 사로잡혔지만 지금은 참았다. 그 이상으로 캐물어야만 하는 상대가 있기 때문이다.

"오오⋯ 에필, 그대도냐⋯!"

'브루투스, 너도냐'라는 것처럼 해변에 무릎을 꿇는 츠바키. 아무리 친해져도 에필은 주인님 지상주의, 가장 우선시하는 것은 켈빈이다.

"주인인 저를 제쳐두고 권유하다니 제법이시네요, 츠바키 님?"

"케, 켈빈. 눈에 웃음기가 없구나, 눈에⋯!"

결국 교섭한 결과, 일본식 방 다다미와 인테리어 한 세트를 구해주는 조건으로 합의했다고 했다.

◇　　◇　　◇

트라지 성 지하로 이어지는 계단을 내려간다. 츠바키 님의 호위가 앞장서고, 우리와 츠바키 님이 따라간다. 행선지는 전이(轉移)의 방. 판타지에 흔히 나오는 편리한 순간 이동 게이트가 존재하는 방이다.

"전이문이라. 그런 게 있는 줄은 몰랐습니다."

"켈빈도 모험자라면 알고 있을 줄 알았는데…. 그대, 이상한 데서 얼빠진 구석이 있구나."

"동료들도 자주 그렇게 말합니다. 어쨌거나 시골 출신이라서요."

세라가 옆에서 킥킥 웃는다. 어쩔 수 없잖아, 진짜로 몰랐으니까. 리오 녀석도 이렇게 편리한 이동 수단이 있으면 미리 가르쳐주면 좋잖아.

"뭐, 일개 모험자가 내키는 대로 쓸 수 있는 물건이 아니니까. 전이의 방까지는 조금 더 가야 한다. 어쩔 수 없지, 그동안 짐이 설명하면서 가도록 하자."

기분 탓인지 조금 기뻐 보인다.

"전이문이란 그 이름대로 문을 통과한 자를 전이시키는 장치를 말하느니라. 전이 장소는 전이문이 설치된 장소라면 어디든지 가능… 하지만, 몇 가지 제한이 있다. 우선 전이문을 작동시키려면 막대한 마력이 필요하다. 그 양은 전이할 곳까지의 거리에 비례했다. 이번에 전이할 곳은 파즈이니 수비량은 그나마 적은 축이겠지."

"그렇군요…. 전이문은 각 도시에 있나요?"

"아니, 각국 수도나 큰 도시에만 있다. 어쨌거나 지금은 유실된 기술이 사용되었으니 쓸 수는 있어도 새로 만들 수는 없느니라. 그러한 경위로 전이문은 각국이 엄중하게 관리하고 있다. 이것도 모험자가 다룰 수 없는 이유 중 하나다."

뭐, 그런 게 있다면 악용하는 녀석도 나올 테니까. 성의 내부에 적이 갑자기 나타난다든지.

"전이문을 이용할 수 있는 것은 일정한 신분과 실적을 인정받은 자뿐. 모험자인 켈빈이 알기 쉽게 설명하자면, A급 모험자 이상의 계급에 출발 지점과 도착 지점 각각의 전이문 관리자에게서 허가를 받은 자가 대상이다. 전에 길드증을 잠깐 받은 적이 있었지? 그때 트라지의 허가인을 찍어두었다. 즉, 그대는 그럴 자격이 있다. 무엇보다도 트라지 국왕인 짐이 몸소 찍은 인이니. 이걸 제시하면 전이문만이 아니라 트라지 국내에서 수많은 혜택을 얻을 수 있다."

길드증을 잘 보니 트라지의 국장(國章), 그리고 그 오른쪽 아래에 '츠바키(椿)'라는 문자가 새겨져 있었다. 이 세계 문자가 아니라 한자 그대로다. 길드증이 신분을 증명하고, 츠바키 님의 허가인이 인정받은 증표가 되는 건가. 하지만 그것만으로 전이문을 쓸 수는 없을 텐데.

"잠시만요. 츠바키 님이 인정해주신 건 영광이지만 저는 파즈에 있는 전이문 관리자의 사용 허락을 받지 못했는데요? 그럼 작동하지 않는 것 아닙니까?"

그래, 나는 파즈에서 그런 이야기를 들은 적이 없다. 애초에 파즈에서 그런 문을 본 적도 없다.

"무슨 소리냐? 그 길드증에 이미 새겨져 있지 않으냐. 파즈 전이문 관리자인 리오 길드장의 허가인이."

"네?"

다시 한번 길드증을 차근차근 본다. 역시 허가인 같은 것은 보이지 않… 아.

"혹시 이 날개 마크인가요?"

"그래."

"이, 이겁니까…."

뭐야, 아무 의심도 없이 모험자 길드 문장인 줄 알았는데, 이 날개가 파즈의 허가인이라고? 길드증을 받았을 때부터 새겨져 있었다고?! 아무리 그래도 인증을 받기가 너무 쉽잖아….

"후후, 흔치 않게 놀란 표정이로군. 안심해라. 리오 길드장도 아무에게나 허가하는 것은 아니니."

"어떻게 된 거죠?"

"날개 각인은 파즈 모험자 길드의 문장, 우리 트라지의 길드는 방패 모양이다. 그 문장은 확실히 신규 모험자가 가진 F급 길드증에도 새겨져 있지만, 그게 진정한 효력을 발휘하는 것은 마력을 주입했을 때. 시험 삼아 마력을 길드증에 주입해보도록 해라."

츠바키 님의 말대로 나는 마력을 길드증에 조금 보낸다.

"호오…."

"우아, 아름다워요…."

제라르와 에필이 저도 모르게 소리를 흘린다. 내가 가진 길드증의 날개 각인이 황금색으로 반짝이기 시작했기 때문이다.

"이건 리오 길드장에게서 인정받은 자의 각인에만 일어나는 현상이다. 그 녀석은 비뚤어진 데가 있으니. 인정한 건 좋지만 그것을 그대에게 전달하지 않았던 것이겠지."

"네, 한 마디도. 전이문에 대한 설명조차 듣지 못했습니다."

"후하하하. 아마 승격했을 때 길드증에 장치했을 게다."

츠바키 님은 유쾌하게 웃는다. 그러다 보니 큰 문이 보이기 시작했다.

"도착했군. 이곳이 전이의 방이다."

문이 열리자 그곳에는 천장까지 닿을 것 같은 높이의 문이 있었다. 골렘도 지나갈 수 있을 것 같다. 전이문 주위에는 마법사로 보이는 사람들이 일곱 명 있다.

"국왕 폐하, 기다리고 있었습니다. 이미 전이문에 마력 보급은 마쳤습니다. 부디 사용해주시길."

마법사의 우두머리로 보이는 노인이 츠바키 님께 고개를 숙인다. 다른 자들도 따라서 하지만 헉헉 숨을 몰아쉬느라 그럴 정신이 아닌 것 같다. MP를 다 써버린 걸까?

"자, 저 말대로 마력 보급은 마쳤다. 이제 전이할 곳을 지정해서 승인을 기다리기만 하면 된다. 저것을 보아라."

손가락으로 가리키는 곳에는 돌로 된 받침대가 있었다.

"그 받침대에 길드증을 올려놓고 전이할 곳을 생각하는 것이다. 그대에게 자격이 있다면 전이문이 열릴 게다."

그야말로 판타지 같은 기능이로군. 좋아, 해보자. 받침대에 길드증을 올리고 파즈의 거리를 떠올린다.

…그 순간, 전이문 게이트가 열렸다.

"지금이다, 뛰어라! 문은 잠시 동안밖에 열리지 않는다!"

"뭐, 뭐라고요?!"

그런 중요한 정보도 먼저 말해주세요!

"주인님, 만약을 대비해 제가 먼저 가겠습니다. 츠바키 님, 또 뵙겠습니다."

"그래. 에필의 음식을 기대하마."

에필이 구불구불 소용돌이치는 빛 속으로 망설이지 않고 뛰어들었다. 그리고 츠바키 님이 탁탁 손뼉을 치며 우리를 재촉했다.

"자 자, 그대들도 빨리 가지 못하겠나! 문이 닫혀버릴 텐데?"

"정말이지, 이렇게 급히 작별하게 될 줄이야. 그럼 저희는 파즈로 귀국하겠습니다."

"그래, 또 무슨 일이 있으면 짐을 찾아오도록 해라. 가능한 한 협력하겠다. 기왕이면 지금 당장 트라지를 섬겨도⋯."

"그럼 또 뵙겠습니다!"

이야기 도중이었지만 게이트가 닫히기 시작해서, 나는 황급히 빛 속으로 뛰어들었다.

빛이 한 가득 펼쳐진 것은 한순간, 다음 순간에는 지면에 착지해 있었다. 뒤에서 두 명이 착지하는 소리가 들렸을 때 쿠구궁 하고 게이트가 닫힌다.

"전이문을 쓰는 걸 보니 트라지에서도 활약한 모양이군, 켈빈 군."

"아뇨, 평소대로 하고 싶은 대로 하고 온 것뿐입니다, 길드장."

전이문에서 나온 내 앞에는 먼저 갔던 에필과 리오의 모습이 있었다. 왜 떡하니 기다리고 있는 거야?

"제가 돌아올 걸 알고 있었나요?"

"그래, 트라지 왕이 몸소 연락했으니까. 꽤 기분이 좋아 보이시던데, 내가 나가지 않으면 누가 나가겠나?"

"하하하, 그것도 그렇네요."

"후후후, 당연하지."

두 사람 사이에 기묘한 웃음소리가 퍼진다.

『어쩐지 켈빈의 태도가 어색한데… 왜 그래?』

『왕은 길드장을 거북해했다. 몇 번이나 함정에 걸렸거든.』

거기, 나한테 들리도록 수군수군 말하지 마. 맞는 말이긴 하지만!

"그런데, 트라지에서의 휴가는 어땠나?"

"만끽했습니다. 선물도 많이 받았고, 국왕과도 아는 사이가 되었으니까요."

"그래, 그래. 델라미스의 용사한테도 손을 댔고 말이지."

"맞아요 맞아요, 그 녀석들 완전 병아리들이라, 어…?"

리오의 외눈안경이 번뜩 빛나 보인 것은 아마 기분 탓이 아닐 것이다.


"사정은 파악하고 있네. 흑풍 아지트 내에서 간부로 오해를 사서 어쩔 수 없이 응전. 용사에게 큰 부상을 입히지도 않고 반격에 성공. 그래, 확실히 켈빈 군다워."

어떻게 벌써 그렇게까지 자세한 정보를 파악하고 있는 거지?!

"하지만 말이지, 정말로 이건 용사의 착각인가? 누가 꾸민 일이 아닐까? 가령 그렇지 않다 해도, 델라미스의 밀정에게 정보를 숨기기 위해 얼마나 큰 노력과 비용이 들었는지 알고 있을까나? 용사에게 무슨 일이라도 일어나면 크리스토프 건은 비교도 안 될 외교 문제가 된다는 생각은 해본 건가?"

아아, 틀렸다. 이 녀석의 정보 수집 능력은 한계를 알 수가 없다. 귀환하자마자 나는 자연스럽게 무릎을 꿇은 자세가 되어버렸다.

동료들이 함께 있는 가운데 시련을 견뎌낸 나는, 최종적으로 어째서인지 리오에게서 막대한 보상금(?)을 받고, '이후부터 조심하도록'이라고 구두로 주의를 받는 것에 그쳤다. 이게 리오의 신뢰의 증표인 것일까?

## ■켈빈 Kelvin

- ■23세／남자／인간／소환사
- ■레벨 : 86
- ■칭호 : 용사의 스승
- ■HP : 877／877
- ■MP : 2625／2625(+875)
  - 클로토 소환 시 : −100
  - 제라르 소환 시 : −300
  - 세라 소환 시 : −180
  - 메르피나 소환 시 : −?

- ■근력 : 174
- ■내구 : 338(+160)
- ■민첩 : 519
- ■마력 : 1077(+160)
- ■행운 : 691

- ■장비
  - 사현노수의 지팡이(A급)
  - 강화 미스릴 대거(B급)
  - 스킬 이터(악식의 완갑)(S급)
  - 아스타로트 블레스(지혜의 포옹)(S급)
  - 특별 주문한 검은 가죽 부츠(C급)

- ■스킬
  - 검술(C급) 겸술(鎌術)(A급)
  - 소환술(S급) 빈 공간 : 6
  - 녹마법(S급) 백마법(S급) 감정안(S급)
  - 기척 감지(B급) 위험 감지(B급)
  - 은폐(S급) 담력(B급) 군단 지휘(B급)
  - 대장(S급) 정력(B급) 철벽(B급)
  - 강마(強魔)(B급) 성장률 2배
  - 스킬 포인트 2배 경험치 공유화
- ■보조 효과
  - 스킬 이터(악식의 완갑)(오른손)／병렬사고
  - (고유 스킬) 스킬 이터(악식의 완갑)(왼손)／
  - 장신구 세공(B급) 은폐(S급)

## ■ 에필 Efil

- ■ 16세／여자／하프엘프／무장 메이드
- ■ 레벨 : 84
- ■ 칭호 : 퍼펙트 메이드
- ■ HP : 672/672
- ■ MP : 1280/1280

- ■ 근력 : 339
- ■ 내구 : 335
- ■ 민첩 : 1028(+320)
- ■ 마력 : 840(+160)
- ■ 행운 : 169

- ■ 장비
  베넘블러(화신(火神)의 마궁(魔弓))(S급)
  전투용 메이드복 V(S급)
  전투용 메이드 카추샤 IV(A급)
  종속의 목걸이(D급)
  특별 주문한 가죽 부츠(C급)

- ■ 스킬
  궁술(S급)  적마법(A급)
  천리안(B급)  은밀(A급)
  봉사술(A급)  조리(S급)
  재봉(S급)  예민(A급)
  강마(B급)  성장률 2배
  스킬 포인드 2배
- ■ 보조 효과
  화룡왕의 가호
  은폐(S급)

# ■클로토 Clotho

■0세／성별 없음／슬라임 글라토니아
■레벨 : 85
■칭호 : 먹어치우는 자
■HP : 1533/1533(+100)
■MP : 917/917(+100)

■근력 : 720(+100)
■내구 : 964(+100)
■민첩 : 711(+100)
■마력 : 643(+100)
■행운 : 595(+100)

■장비
　없음

■스킬
　폭식(고유 스킬)
　금속화(S급)　흡수(A급)
　분열(A급)　해체(A급)
　보관(S급)　타격 반감
■보조 효과
　소환술／마력 공급(S급)
　은폐(S급)

## ■ 제라르 Gerard

- ■138세／남자／명부기사장／암흑 기사
- ■레벨 : 89
- ■칭호 : 애국의 수호자
- ■HP : 3240/3240(+1570)(+100)
- ■MP : 438/438(+100)

- ■근력 : 1108(+320)(+100)
- ■내구 : 1163(+320)(+100)
- ■민첩 : 399(+100)
- ■마력 : 295(+100)
- ■행운 : 317(+100)

- ■장비
  마법 다인슬레이브(S급)
  드레드 노트(A급)
  크림슨 망토(B급)

- ■스킬
  충성(고유 스킬) 자기 개조(고유 스킬) 검술(S급)
  위험 감지(B급) 심안(A급) 장갑(A급)
  군단 지휘(A급) 교시(敎示)(B급) 굴강(屈强)(A급)
  강력(剛力)(A급) 철벽(A급) 실체화
  암속성 반감 참격 반감
- ■보조 효과
  자기 개조/마검 다인슬레이브+
  자기 개조/드레드 노트+
  자기 개조/크림슨 망토+
  소환술/마력 공급(S급) 은폐(S급)

■ **세라**  Sera

■ 21세／여자／아크 데몬(상급 악마)／주권사(呪拳士)
■ 레벨 : 86
■ 칭호 : 수수께끼의 미녀 낚시꾼
■ HP : 1126/1126(+100)
■ MP : 1148/1148(+100)

■ 근력 : 640(+100)
■ 내구 : 551(+100)
■ 민첩 : 638(+100)
■ 마력 : 627(+100)
■ 행운 : 614(+100)

■ 장비
아론다이트(흑금(黑金)의 마인(魔人))(S급)
퀸즈테러(狂女帝)(S급)
위장의 머리장식(A급)
미스릴 그리브(C급)

■ 스킬
피로 물듦(고유 스킬) 격투술(S급)
흑마법(A급) 비행(C급)
기척 감지(A급) 위험 감지(A급)
마력 감지(A급) 은폐 감지(A급)
춤(B급) 연주(B급)
■ 보조 효과
마왕의 가호 소환술／마력 공급(S급)
은폐(S급)

시대는 바야흐로 다른 나라의 영토를 추구하고, 침략하고, 또는 보복하는 대전(大戰) 시대. 동대륙 중앙에 위치한 소국 알카르는 그러한 시대에도 국왕의 흔치 않은 처세술로 중립을 관철하고 있었다. 대립하는 나라가 없는 알카르는 타국의 상태에 비해 믿을 수 없을 정도로 평화로웠다. 약간의 분쟁이 일어난다 해도 술주정뱅이가 시시한 싸움을 하는 정도일 뿐. 녹음이 풍부한 대지에 위치한 알카르의 아침은 오늘도 평온했다.

"음… 오늘도 좋은 아침이구먼. 아침 햇살이 눈부시군!"

집에서 나오자마자 태양을 향해 몸을 곧게 펴는 이 덩치 큰 노인. 둔탁한 잿빛 광택이 깃든 낡은 풀 플레이트 아머가 이른 아침이라는 시간에 어울리지 않지만, 본인은 아무 문제도 없는지 매우 자연스럽게 스트레칭을 시작했다. 마치 갑옷이 몸의 일부인 것 같다.

"당신도 참, 또 그런 차림새로…. 정말로 일할 때 입는 것을 좋아한다니까."

마찬가지로 현관문에서 나타난 여자. 겉모습으로 보아 서른을 넘었을까 말까 싶은 용모다. 동작은 세련된 숙녀 같지만 어딘지 장난기가 있어 귀엽다. 그런 인품 덕분인지 아마 대다수의 사람들이 젊게 생각할 것이다. 그래도 노인과는 부모와 자식이라 해도 이상할 게 없을 정도로 나이 차이가 있지만, 그녀는 이렇게 말했다. '여보'라고.

"일할 때 입는 옷이라니 무슨 소릴. 이건 나의 혼, 삶의 방식 그 자체다!"

"네, 네. 그럼 오늘도 힘내서 일해야죠, 나의 기사님."

그렇다, 노인과 여자는 나이 차이가 엄청나게 나는 부부였다. 그것도 근처에서도 평판이 자자한 잉꼬부부에, 사이도 몹시 좋다. 이미 열 살이 넘은 아이가 있다는 것을 감안하면 더 당황스러워진다.

"음, 그럼 다녀오마!"

"여보, 아침을 아직 안 먹었잖아요! 아직 노망들긴 일러요."

"와하하, 이거야 한 방 먹었군!"

"별로 한 방 먹이려고 한 말은 아닌데. 다 차려놨어요."

"으음, 이 향기는… 흰쌀밥인가!"

"빵이에요. 오늘도 상태가 최상인 것 같네요, 여보♪"

잉꼬부부의 사이좋은 대화는 아침부터 태클을 걸 구석이 만재했다.

아침식사를 마친 노인은 같은 복장으로 직장으로 향했다. 직장이라지만 알카르 각지가 그의 직장이나 마찬가지다. 일터 중 하나라고 표현하는 게 나을까. 먼저 간 곳은 기사들의 수련장이 있다.

"아, 단장! 안녕히 주무셨습니까!"

기사 갑옷을 입은 남자가 장검을 휘두르던 동작을 멈추고 노인에게 인사했다. 종종걸음으로 다가오는 모습이 매우 친근해 보인다. 이 모습만 보아도 노인이 얼마나 경애의 대상인지 알 수 있다. 알카르 기사단 단장, 그것이 노인의 직함이다.

"음, 오늘도 수련에 힘쓰고 있느냐?"

"물론입니다. 우리의 팔에 알카르의 평화가 달려 있으니까요."

알카르가 자랑하는 기사단은 모두 강하다… 고 말할 정도는 아니지만, 나라를 사랑하기에 의욕적으로 수련에 임하고 있다. 왕의 수완으로 유지되는 평화이기는 하지만 기사단도 거기에만 안주하고 있을 생각은 털끝만치도 없다. 단장을 필두로 주변 순찰을 빈번히 하고, 위험한 몬스터도 용감히 토벌하는 이 나라의 수호자라 할 수 있다.

"그런데 단장, 그 손에 들고 계신 건, 혹시…."

노인은 오른손에 보자기에 싸인 뭔가를 들고 있었다. 몹시 소중하게, 아기를 끌어안은 것처럼 다루고 있다. 참고로 보자기는 하트 모양 같은 자수가 들어가 있는 분홍색이었다. 그래서 대단히 눈에 띈다. 부하인 기사도 눈에 띄니 묻지 않을 수가 없다. 결과를 이미 알고 있다 해도.

"후, 별것 아니다. 어디에나 흔히 있는 도시락이지."

"아, 베티 씨의…. 독신인 저는 부러울 따름입니다."

"…애정이 담긴 애처 도시락이다!"

"왜 두 번이나 말씀하신 거죠?! 저 들으라고 일부러 그러신 겁니까?! 젠장, 저보다 젊은 부인한테 장가드시고!"

그냥 자랑하고 싶었던 것뿐이다.

"게다가 말이지, 오늘의 도시락은 코니가 도와주었다는구먼. 이

건 무덤까지 가져가야만 하겠어."

투구 안쪽은 완전히 푹 빠진 표정이리라. 부하는 조용히 짐작했다.

"계속 달달한 얘기만 하실 겁니까…. 따님이 슬퍼하니까 빨리 드십시오."

"무슨 소리냐! 그대가 코니의 뭘 안다고!"

"이 사람, 진짜 귀찮네! …만족하셨습니까?"

"음. 만족이다."

여기까지가 알카르 기사단의 항례 행사였다. 10년 이상이나 이어진 이런 대화가 상사와 부하의 벽을 부수는 커뮤니케이션 방식으로 작용하고 있지만, 노인은 그걸 알고 이러는 것인지 아무도 알 수 없다. 단지, 이 사람은 손녀가 생겨도 이런 식이겠지… 라고 모두 생각했다.

"아, 맞아. 전언이 있었습니다. 국왕께서 단장을 부르신답니다."

"음, 그런가? 직접 집에 사자를 보내주면 좋을 텐데…."

"아뇨, 국왕께서도 가족과 아침에 보내는 시간을 방해하고 싶지 않으셨던 게 아닐까요?"

"그분은 그런 배려가 확실하시니까. 잘 알았다. 냉큼 다녀오마."

"조심하세요. …아무리 그래도 국왕 폐하께 도시락 자랑은 하지 마시고요."

농담을 섞어 말하며 웃는 부하. 아무리 애처가 단장이라 해도 그렇게까지 상식을 모르지는 않으리라. 그렇게 생각하면서 한 농담이었다.

"하지 말고 자시고 할 것도 없이, 매일 하고 있다만?"

"헉…."

노인은 그런 부하의 생각을 가볍게 앞질러 뛰어넘는 사람이었다.

노인은 알카르 성으로 향해 왕좌로 나아간다. 왕성치고는 작고 소박한 외관. 굳이 말하자면 영주의 저택에 비유하는 게 훨씬 비슷할지도 모른다. 하지만 대국의 왕성과 비교했을 경우 그렇다는 것이고, 알카르에는 왕성과 견줄 만할 건물은 없다.

"…그래서, 제 딸 코니의 계란 요리가 일품이라서 말이지요! 다음에 국왕 폐하께도 나눠드리도록 하겠습니다!"

"지난번에 가져왔었잖나. 뭐, 확실히 일품이었다. 조금 타기는 했지만 맛있게 만들려고 분발하는 모습이 눈에 선한, 따뜻한 가정의 맛이었다. 좋은 딸로 자랐군."

알카르 국왕은 주변국에도 현명한 사람으로서 유명하다. 그것은 그의 능력만 가리키는 말이 아니라, 관대한 마음과 인품, 애국심 덕분이다.

…하지만 왕성 왕좌에서 나라의 최고 권력자인 그 국왕을 상대로 분홍색 도시락을 한 손에 들고 열변을 토하는 노인. 그것도 모자라 과거에 딸이 직접 만든 음식을 가져와 심지어 먹이기까지 했다니. 일국의 국왕을 상대로 대체 무슨 짓인가 하고 말하지 않을 수 없지만, 이것도 그들의 일상의 일환이다. 노인의 담력에 감탄해야 할지, 국왕의 큰 그릇에 감복해서 눈물을 흘려야 할지. 아무튼 이래 봬도 두 사람의 관계는 양호하므로 문제는 없었다.

"국왕 폐하, 슬슬….”

하지만 이대로 내버려두면 내내 이런 잡담만 계속할지도 모른다. 국왕 옆에서 대기하고 있던 대신은 끼어들기가 괴로웠지만 이야기의 궤도를 수정했다.

"음, 벌써 그런 시간인가. 알겠다. 자, 오늘 온 용건에 대해 말하고 싶다만.”

"오오, 그랬지요. 저도 참, 그만 넋을 잃다니 부끄럽습니다.”

"괜찮다. 이 나라가 평온하다는 증거지. 나에게도 기쁜 일이다.”

신경 쓰지 말라고 밝게 말한 알카르 국왕은 대신에게 눈짓을 했다. 대신은 바로 지도 한 장을 노인에게 보이도록 들어 보였다. 미리 준비해둔 것 같다.

"이 지역 일대의 지도… 입니까?”

지도는 알카르 주변을 표시하고 있었다. 소국이기 때문에 큰 도시는 왕성이 있는 이곳 정도고, 나머지는 작은 마을, 녹음이 풍부한 대지와 농지가 펼쳐져 있다.

"네, 그렇습니다. 그리고 주목해주셨으면 하는 곳은 여기입니다.”

대신은 영토 남부에 해당하는 곳을 가리킨다. 잘 보니 ×표가 몇 개 그려져 있었다.

"요즘 이 땅에서 어떤 몬스터를 목격했다는 정보가 다발해서요. 이 표시는 그 장소를 가리키는 것입니다.”

"몬스터… 흠, 토벌 원정이오?”

"그렇습니다만, 까다로운 상대인 것 같아서요….”

"목격자의 이야기를 들어보니 악마가 나왔다더군.”

"악마라고요?!”

노인이 경악하는 것도 당연하다. 악마는 이 세계에서 천사나 용에 견줄 만한 전투력을 가지고 있다는 최강 종족 중 하나. 과거에 델라미스의 용사인 세르쥬 플로어가 토벌한 마왕 구스타프도 악마로서, 무시무시한 힘을 가졌다고 전해진다.

"다행히 아직 부상자는 없고, 악마도 하급인 것 같더군."

"그렇습니까. 허나 방심은 금물이겠군요…."

"그래. 하지만 위험하니 그렇다고 내버려둘 수는 없다."

하급 악마, 레서 데몬이라 해도 안심할 수는 없다. 하급 악마조차 B급 몬스터와 비슷한 전투력과 높은 지성을 가지고 있기 때문이다. 베테랑인 C급 모험자조차 감당하지 못하는 경우가 많고, 달인급 숙련자가 겨우 상대할 수 있는 수준이다.

한편으로 동대륙 중앙은 기본적으로 출현하는 몬스터 레벨이 낮고 환경적으로도 평온하지만, 그런 반면에 체재하는 모험자의 랭크도 낮다. 그럴 경우 토벌 활동의 주체가 되는 것이 기사단이다. 악마가 지상에 모습을 드러내는 것은 매우 드문 일이지만, 나와버렸으니 어쩔 수가 없다. 나설 때가 된 것이다.

"부대의 편제는 맡기겠다. 피해를 최소한으로 줄이고 살아서 귀환해라. 그게 나의 명령이다. …가능하겠는가?"

"물론입니다. 반드시 악마를 쓰러트리고 개선하겠습니다."

철컹 하고 가슴의 갑옷을 주먹으로 두드리며, 기사단장인 노인이 맹세했다.

"이런이런, 그다지 호화롭게 맞이할 수는 없다만? 우리나라의 재정은 언제나 궁벽하니까."

"안심하십시오. 아내와 자식이 맞이해주는 것이야말로 최고의 기뿜이오니."

"그런가. 그랬지."

왕좌에 있는 사람들 모두가 웃는 가운데, 노인은 일어나 앞을 바라본다.

"네, 그렇습니다! 집으로 돌아가면 딸이 문 앞에서 맞이해주니 말입니다. 그날 있었던 일을 기쁘게 가르쳐주지요. 아니, 이건 자랑이 아닙니다. 허나 마음 밑바닥에서 들끓어 오르는 이 기쁨을 형용하기 어려워…."

""…….""

…아내와 자식이 맞이해주는 것이 얼마나 멋진지를 설파하기 위해서.

알카르 남부. 아름다운 전원 풍경이 이어지는 이 땅에 30명의 기사로 이루어진 집단이 줄지어 진군했다. 말을 탄 잿빛 갑옷들이 날카로운 눈빛으로 주위를 둘러본다. 이루 말하기 어려운 긴장감이 주위를 지배했다. 근처 백성들도 범상치 않은 분위기에 섣불리 다가가지 못할….

"아, 기사님이다! 우~아!"

"봐, 손을 흔들어줬어!"

"얘! 기사님은 일하는 중이셔! 죄송합니다."

…리가 없었다. 아이가 손을 흔들면 기사들도 흔들고, 부모가 사과하면 괜찮다고 말 위에서 제스처로 대답했다. 아무래도 알카르

기사단은 단장의 인품에 많은 영향을 받은 것 같다.

"아이들이 기운찬 것은 좋은 일이지요."

"그래. 나라의 보배라는 말이 딱 들어맞지. 이렇게 말하는 내 아이도…."

"아…! 그러고 보니 목격 장소까지 좀 더 걸릴 것 같네요!"

"으, 음? 그래."

노골적인 말 돌리기. 노인과 오래 알고 지낸 부하도 하루에 몇 번이나 이 이야기를 듣는 것은 피하고 싶은 것일까. 애처가에 자식을 사랑하는 것은 나쁜 게 아니지만, 오랜 시간 듣고 싶은 것도 아니다.

"표적이 이동하지 않았으면 좋겠구먼."

"마을이 걱정입니다. 하지만 이 주위는 트여 있어서 전망이 좋으니, 악마 정도의 크기라면 바로 발견할 수 있을 겁니다. 하급 악마는 꽤 크다지요? 본 적은 없지만."

기사 중 한 명이 도시 학교의 책에서 얻은 지식을 꺼낸다. 악마는 하급일수록 괴물 같은 용모이고, 상위일수록 인간에 가까운 모습이다. 이번에 지상에서 몇 년 만에 발견된 악마는 전자이다. 발견자가 입을 모아 보라색의 커다란 괴물이라고 했기 때문이다. 악마라는 사실을 알게 된 것은 어쩌다 그중 '감정안'을 가진 모험자가 한 명 있었기 때문이다.

가령 이것이 아크데몬(상급 악마)이었을 경우, 대국이 가진 최고 전력이나 S급 모험자가 움직이는 사태가 된다. 용사가 현현한 시대라면 그들이 움직였을 수도 있다.

"나도 없네. 어비스랜드(나락의 땅)에서 잘 나오지 않으니까."

"뭐, 목격한 인근 주민은 피난하도록 유도하고 있습니다. 소동이 일어나지 않은 것을 보면 아직 괜찮지 않을까요?"

"너무 낙관적으로 생각하는 건 좋지 않지만 말이지. 어이쿠, 허리가…."

"이런, 단장도 마침내 은퇴하시는 건가요?"

원정을 나온 후로 아직 이렇다 할 변화는 없다. 말 위는 늙은 몸에게는 벅차기도 해서, 빨리 끝내고 집으로 돌아가고 싶은 욕구에 사로잡힌다. 떠오르는 아내와 자식의 웃는 얼굴. 조금 탄 계란 요리. 매우 맛있는.

"바보 같은 소리 마라. 생애 현역, 그게 내 신조다."

그렇다고 기사의 직무를 저버릴 수는 없다. 노인에게도 양보할 수 없는 선이 있는 것이다.

"그런데 단장, 기분이 굉장히 좋으시네요. 무슨 일이라도 있었습니까?"

"음. 속에 든 것을 전부 털어놓고 왔으니까. 속이 시원해졌구먼."

"네?"

국왕과 대신의 희생 아래, 허리는 그렇다 쳐도 정신적으로는 끝내주는 상태인 노인이었다.

"있군."

"크다…."

말에서 내려 수풀에 몸을 숨기는 기사들.

남부 마을을 지난 곳에 있는 삼림 지대. 그 안 깊은 곳에 목적하던 존재인 녀석이 있었다. 온몸이 독살스러운 보라색에 등에는 박쥐와도 같은 날개가 있고, 사이즈는 3미터 남짓 될까. 표정으로 감정을 파악할 수는 없지만 대단히 추악하다. 부정적인 감정을 긁어모아 체현한 것처럼, 인간의 공포를 하염없이 부추긴다.

"아무래도 식사를 하고 있는 것 같구먼."

"우윽… "

악마는 땅에 앉아 생물의 시체를 빨아 마시고 있었다. 숲에 사는 몬스터일까. 소에 뿔이 하나 난 모습인 그것은 거구를 옆으로 눕히고 그대로 죽어버린 것 같다.

"후, 후우. 사람, 이 아니군요….."

"안심하지 마라. 다음에 희생되는 것이 사람이 될 가능성이 있으니."

노인의 목소리에서 이미 평소의 밝은 기운은 사라졌다. 그 사실은 기사들의 마음을 더 긴장시킨다.

"전원 경계 태세. 이제부터 배치 지시는 모두 신호로 행했다. 일단 선제할 때까지 참아라."

상식적인 사람이라면 겁을 집어먹을 악마를 앞에 두고, 담담히 행동을 개시하는 기사들은 역시 기사답다 할 수 있으리라. 악마에게 들키지 않도록 세심하게 주의를 하며 산개. 나무 등 앞을 가로막는 것을 교묘하게 활용해서 악마가 도망칠 곳을 막으며 포위했다. 이윽고 악마를 상대하기 위한 진형이 완료된다. 노인이 손을 낮게 들고 앞으로 휘두른다.

…휘익!

"그악?!"

악마 앞에 진을 치고 있던 기사들이 화살을 쏘았다. 그것도 평범한 화살이 아니다. 흉악한 몬스터에 대항하기 위해 만든 강철 화살이다. 마법적 요소는 전혀 없지만 물리적인 위력은 제일이다. 굳건한 보라색 피부로 덮여 있는 악마도 꿰뚫어버려, 독살스러운 녹색 피가 흘러나온다. 하지만 상처는 얕다. 도저히 치명상이라고 할 수 없다.

"덮쳐라, 돌격!"

"""넷!"""

이어서 악마의 양옆에 숨어 있다가 달려 나온 것은 장창과 큰 방패를 든 기사들. 두꺼운 방패를 앞에 두고 너무 붙지도, 떨어지지도 않고 창으로 견제. 그들은 자기 역할을 잘 알고 있다. 섣불리 목숨을 걸 각오로 돌격해봤자 이 악마를 쓰러트릴 수는 없다는 것을. 그에 상응하는 힘을 가진 강자여야만 했다는 것을.

"그아아옥!"

"으아, 조심해! 이 녀석, 불을 뿜는다!"

앞쪽의 기사들이 방패 뒤로 몸을 숨긴다. 활활 타오르는 불꽃은 강철의 방패까지 녹여 새겨져 있던 알카르의 문장을 일그러트린다. 사람의 몸에 닿기라도 하면 대참사가 일어나리라는 것을 쉽게 상상할 수 있었다.

"브레스냐…! 용의 흉내를 내는 건가!"

"무리하지 마! 사정거리는 그렇게 길지 않아!"

악마의 반격에 기사단은 손을 쓰지 못했다.

"반대쪽, 공격으로 전환해라!"

단장의 호령을 듣고 악마의 뒤에 위치한 기사들이 즉시 행동했다. 하지만 악마는 그것을 비웃었다. 그 정도는 짐작하고 있었다는 듯이.

"그갸갸갹!"

팽이처럼 회전해서 화염을 흩뿌리는 하급 악마. 불꽃은 발밑에 쓰러져 있던 소 형태 몬스터에게까지 옮겨 붙었다. 주위 한 면이 활활 타오른다. 주위를 둘러싼 기사들은 급기야 자신의 방패에 매달려 방비를 단단히 할 수밖에 없다.

"…그럴 줄 알았냐?"

"갸가악?!"

횡 하고 바람이 분 직후에 악마가 비명을 지르기 시작했다. 악마의 오른쪽 눈에는 강철 화살이 꽂혀 녹색 액체가 흘러나온다. 그 광경을 보고서 조용히 주먹을 쥐고 의기양양한 포즈를 잡은 남자가 한 명.

"좋아, 겨냥한 대로 맞았어!"

"잘했다! 혼자 몸인 녀석의 힘도 얕볼 수 없군!"

"그건 상관없잖습니까?! 아, 진짜. 뒤는 맡기겠습니다."

"그래, 길을 열어라!"

자랑스러운 대검을 옆으로 휘두르며 뒤에서 뛰쳐나온 것은 거구의 노인. 말 위에서 허리가 아프다던 모습은 무엇이었느냐고 캐묻고 싶어질 정도의 질주였다. 그의 부하들은 물러나 악마에게로 이어지는 길을 연다.

"게게게게게…."

귀에 들려오는 것은 형용하기 어려운 영창 소리. 악마가 중얼거리자 마력과 함께 그 양손에 어둠이 모여 쏟아져 나왔다.

"흐, 흑마법으로 연막을? 이 녀석, 아직도 숨겨둔 카드가…!"

상황이 불리하다고 깨달은 악마가 선택한 행동은 도주. 어둠을 타고 강행 돌파해서 포위망을 깰 생각이었다. 수적으로는 밀리지만 일대일로 싸울 때 두려운 상대들은 아니다. 필사적으로 행동하면 빠져나가기는 쉽다고 생각한 것이리라. 하지만 그 방법에는 커다란 실수, 오산이 있었다. 기사들 중 단 한 명, 악마를 타도할 만한 존재가 있었던 것이다.

"상관, 없다!"

노인의 대검이 울부짖으며 바람을 일으킨다. 강력(剛力)으로 생겨난 검의 압력에 어둠은 찰나에 걷히고, 잠복해 있던 악마의 모습이 드러나버린다.

"아기토!"

악마에게 날아가는 참격. 이제는 그가 비명을 지를 틈도 없었다.

"그래서 기사 한 명이 외쳤죠. 어떠냐, 이게 우리 알카르 기사단 단장, 제라르 프라가라흐다…! 라고."

"'''오오…!'''"

악마가 출현한 뒤 몇 개월 후, 알카르의 작은 술집. 음유 시인의 자랑거리인 기사에 대한 노래는 이곳에서 몇 번이고 선보여졌고, 그때마다 환성과 박수가 들끓었다.

"오오, 가 아니다! 대체 언제 이야기를 하는 거냐!"

하지만 그때마다 참지 못하고 항의하는 사람도 바로 그 노래의 당사자인 기사단장 노인, 제라르이다. 부하들뿐만 아니라 왕까지, 지금까지 당한 것에 대한 보답이라는 듯 정기적으로 화제에 올린다. 처음에는 무용담이라고 기뻐하던 제라르도 매일 과장스럽게, 그리고 나라 전체에 퍼져가는 무용담을 듣기가 부끄러워지고 말았다. 요즘은 딸 코니까지 자기 전에 이야기를 들려달라고 조르는 상황이다. 그 성과인지 이 이야기의 이야기꾼으로서 일류가 되어버린 것은 비밀이다. 반드시 놀림감이 될 것이기 때문이다.

"뭐, 너무 그러지 마시라고요. 하지만 단장, 우리가 가지 않아도 단장 혼자 충분히 쓰러트릴 수 있었던 것 아닌가요? 마지막에는 악마를 단칼에 동강을 냈잖아요."

"무슨 소리냐. 그건 너희가 악마를 약하게 만들었으니 잘된 거다. 일대일이라면 나도 무사하지 못했을 거다. 알겠나? 악마와의 전투는 내가 승리한 게 아니다. 우리가 승리한 거다. 그러니 그렇게까지 나를 추어올리는 건 참아다오. … 의외로 절실한 바람이다."

"""단장…!"""

감격해서 눈물을 흘리는 기사들+일반인들. 멋지잖아 하고 주점 주인까지 코를 훌쩍이고 있다.

"치사해요, 단장. 평소에는 그런 상태면서…."

"그런 상태라는 게 뭐냐?!"

"우오오, 이제 단장한테라면 안겨도 좋아요! 아니, 안아주세요!"

"너는 빨리 신부나 찾아라!"

평온한 알카르이지만 동료들이 모이는 주점에서는 오늘도 활기 찬 소리가 들려온다. 그것은 가게 바깥 골목길까지 울려, 앞을 지나 가는 사람들이 걸음을 멈추고 귀를 기울일 정도였다.

"레서 데몬을 쓰러트린 영웅… 이라. …시간을 낭비했군."

그중 흥미 없는 듯 작은 중얼거림을 남기고 떠나는 남자 한 명이 있었다. 척 보기에는 아름다운 인간이지만 끝이 뾰족한 귀는 그가 엘프라는 사실을 알리고 있었다. 오가는 인파 속으로 사라진 엘프 는 악마를 죽인 영웅의 이야기 따위에는 흥미가 없었다. 이 세상에 는 반드시 선한 사람만 있는 게 아니고, 당연히 반대로 악인도 있 다. 하지만 세상에는 존재했다. 그런 범주를 초월한, 신에 가까운 존재가.

그다음 날, 그는 갑자기 왕 앞에 나타났다. 성에 주둔하는 병사에게 들키지 않았고, 기사인 제라르도 언제, 어떤 방법으로 침입한 것인지 전혀 알 수 없었다. 하지만 엘프는 그곳에 있다. 그리고 너무나 일방적으로 요구를 들이댔다.

"…뭐라고 했는가?"

왕좌는 조용했지만 엄청난 긴장감에 휩싸여 있었다. 알카르 국왕 앞에 선 것은 우아한 의상을 입고 강압적인 분위기를 띤 엘프. 한눈에 어디의 귀족이나 왕족이라고 머리가 판단해버릴 정도로 아름답다.

"질문에 도로 질문으로 답하다니, 현인이라 일컬어지는 알카르 국왕이라 여겨지지 않는 발언이군. 뭐, 됐어. 다시 한번 말해주지. 우리 리제아 제국의 지배 아래로 들어와 신황국 델라미스를 함께 멸망시켜라."

"네 이놈, 바보 취급하는 거냐!"

"제라르, 그만둬라."

"허나!"

"그만둬라."

엘프의 오만방자한 태도에 호위 역으로 대기하고 있던 제라르가 목청을 돋웠지만, 국왕이 손으로 제지했다.

"…실례. 그나저나 몹시도 갑작스러운 이야기로군. 확실히 귀국과 신황국 델라미스가 전쟁 중이라는 것은 안다. 귀국이 알카르와 비교할 수 없을 정도로 대국이라는 것도. 리제아 제국 기술개발실의 우두머리, 질드라 경."

"…놀랍군. 나는 리제아에서 온 사자라고만 말했을 텐데. 서쪽이라면 또 몰라도, 왕이라고는 하나 동대륙 소국 사람이 나를 알고 있을 줄이야."

"아니. 소국이기에 타국의 움직임에 민감한 것이다."

"그렇군."

질드라는 여기서 처음으로 조금이나마 웃었다. 이 나라를 방문해서 처음 가치 있는 인간을 만났다는 것처럼.

'기술개발실 우두머리? 제국의 장수라는 뜻인가? 수상쩍은 기술을 쓰는 모양이군….'

엘프가 미지의 힘을 가지고 있는 것은 확실했다. 제라르는 경계를 풀지 않는다.

"헌데, 답은 언제?"

"유감이지만 기대에 부응할 수는 없다. 지금까지 쌓아온 신뢰를 실추시키는 행위니까. 뿐만 아니라 우리나라 백성에 대한 배신이기도 하다."

"그 선택이 소중한 백성의 목숨을 위험에 처하게 만드는 행위라 해도 말인가? 우리를 거스르면 이 나라에 내일은 없을 텐데?"

의도하고 그러는 것인지, 질드라는 느릿한 동작으로 손을 왕좌로 향했다. 제라르는 왕의 제지를 받았지만, 아무리 그래도 말없이 보고 있을 수는 없었다. 두 사람 사이에 끼어들어 대검과 큰 방패를 들었다.

"답은 변함이 없다. 돌아가라."

기사단장이 제라르조차 식은땀을 흘릴 정도의 입박감. 하시반 왕의 표정에 망설임이나 두려움은 조금도 없었다.

"그런가. 아무래도 담력도 있는 것 같군. 저 기사보다 훨씬 흥미로워."

"그것 참 고마운 일이로군."

질드라의 기척이 흐릿해져간다. 이 장소에 나타났을 때와 정반대 현상이다.

"총명한 왕을 보아 오늘은 물러가주지. 허나 잊지 마라. 나는 농담을 싫어해. 내일은 상응하는 대가를 치를 것이다. 목숨을 건지고 싶으면 오늘 밤에 멀리 도망쳐라."

"…무슨 소리지?"

"경고다. 오늘 나는 기분이 좋거든."

그런 말을 남긴 질드라는 안개처럼 사라져버렸다. 진정한 정적 속에 남겨진 것은 제라르와 국왕뿐. 잠시 침묵한 뒤 먼저 입을 연 것은 국왕이었다.

"기사단장, 최대한의 경계 태세를. 외부에서 적군이 습격할 우려가 있다. 그리고 긴급 피난 경로를 개방할 준비를 하라. 만에 하나, 때가 닥치면 신분과 상관없이 쓰게 하겠다."

"네, 즉시 수행하겠습니다!"

곧바로 내려지는 정확한 지시. 이후에는 무관과 문관을 소집한 평의회가 열려, 차례차례 대책을 강구할 것이다. 하지만 이것이 알카르 국왕의 유일한 판단 미스였다. 위협적인 것은 제국의 군대뿐만이 아니었던 것이다.

지옥이란 무엇인가? 지금 눈앞에 펼쳐지는 광경을 그렇게 부르

지 않을까? 제라르는 머릿속으로 계속 자문했다. 제라르는 애마를 타고 전속력으로 달리고 있다. 알카르의 땅을 등지고, 딸인 코니를 앞에 태우고 나라 밖으로 구원을 청하기 위해.

'왜, 왜 이렇게 되어버린 거지…?'

대책을 강구하고 만전을 기해서 맞이한 다음 날 아침. 리제아 군대가 알카르 땅에 발을 들이는 일은 결국 없었다. 하지만 그 대신 침입한 것이 있었다. …질병이다.

죽음의 병이라 이름 붙은 그것은 겨우 며칠뿐인 단기간에 국내에 맹위를 떨쳤다. 감염 경로를 알 수 없었고, 증상이 생기면 급속하게 쇠약해져 하루 만에 죽음에 이른다. 치료법 따위 알 수 있을 리가 없었고, 희생자가 늘어날 뿐.

최악인 것은 가장 먼저 쓰러진 게 알카르 국왕이었다는 사실이다. 나라로서의 상징을, 나라 최대의 이성과 지혜를 잃은 그 후의 혼란은 상상하기 어렵지 않다. 그 분야에 무지하던 제라르는 물론이고 모두 최선을 다하려고 했다. 만병에 효과가 있다는 약초에 대한 소문이 있으면 달려가고, 온갖 수단을 강구했다. 하지만 모든 것이 너무 늦었다. 아니, 병의 진행이 너무 빨랐던 것이다.

소동이 일어난 지 3일째. 밤늦게 집으로 돌아왔을 때 아내 베티가 바닥에 쓰러져 있는 것을 발견했다. 안색이 놀라울 정도로 하얘서 병이 난 것을 싫든 좋든 알게 되어버렸다. 다행히 정신은 아직 있다. 이날 제라르는 베티와 함께 보내며 누구와도 만나지 않았다.

'베티가, 왕이, 부하들이, 백성이… 너무나 많은 것을 잃었다. 게다가, 윽… 젠장!'

병은 제라르의 몸에도, 나아가 코니에게까지 독니를 꽂아 넣었다. 코니는 이미 정신을 잃었다. 피부에서도 생기가 조금밖에 느껴지지 않는다. 이대로 있다가는….

'이대로 있다가는, 코니까지…!'

머리에 떠오르는 것은 최악의 생각뿐. 제라르의 정신은 막다른 곳에 몰려 외줄타기를 하는 것처럼 아슬아슬하게 버티고 있는 상태였다. 한계를 넘었는데도 움직일 수 있는 것은 사랑하는 딸의 목숨이 달려 있기 때문이리라.

"히히… 잉!"

"윽?!"

하지만 한계를 맞이한 것은 제라르뿐만이 아니다. 애마도 죽음의 병에 걸린 것이다. 쓰러질 때 애마는 소리를 냄으로써 주인에게 한계가 왔다는 것을 알렸다. 코니를 끌어안은 제라르는 도약함으로써 낙마해서 부상을 입는 것은 막을 수 있었다.

"훌륭한 충성이었다. 푹 자도록 해라…."

이동 수단을 잃었으니 타국으로 가는 것은 절망적이다. 즉 여기서… 그래도 제라르는 애마를 원망할 수 없다. 오히려 그런 몸으로 여기까지 두 사람을 데려다준 위업을 칭찬해야 했다. 매장은 해줄 수 없지만 기사로서, 함께 싸운 동료로서 경의를 보낸다.

"하지만, 어떻게 하면 좋을까. 나도 이미 한계를 넘었으니. 어찌해야 하겠느냐, 코니…?"

…쿵.

길 앞에서 들어본 적 없는 소리가 들렸다. 생물이 우는 소리가 아니다. 마법도 아니다. 더 무기질적인 무언가. 애초에 깊이 생각할 틈도 없이, 그것들이 모습을 드러냈다.

"고, 골렘이라고?!"

골렘. 대부분의 경우 던전에 출현하는 자동 인형. 그 존재 자체는 결코 드문 것이 아니다. 하지만 눈앞의 그것들은 확실히 이상했다. 흙이나 돌이 아니라 금속으로 구성된 장갑. 증기기관을 구동시키는 시대착오적이기 짝이 없는 메커니즘. 제라르가 그것들을 이해할 수 있을 리가 없지만, 아무튼 이상하다는 것은 이해했다. 그리고 무엇보다도, 하급 악마 따위 비교할 바가 아닐 정도로 강하리라는 것도.

"쿠구구구궁…!"

"네놈들, 그 녀석의 인형인가. 미안하지만 여기에는 병자가 있다. 지나가야겠어."

"…씨. …르 씨."

"으, 음?"

"제라르 씨, 악몽을 꾸시는 것 같은데, 괜찮으세요?"

"에필?"

나무 그늘에 누워 낮잠을 즐기고 있던 제라르가 눈을 뜬다. 아무래도 오랫동안 잠들어버린 것 같다.

"…꿈이었나."

"음, 나쁜 꿈이라도 꾸셨나요? 허브티라도 드릴까요?"

에필이 클로토의 보관에서 찻주전자와 찻잔을 꺼낸다.

"음. 그럼 마시도록 할까."

"네. 적당한 온도로 탄 다음 클로토 안에 넣어두어서 지금도 따뜻해요."

투구를 쓴 채로 한 모금.

"매우 맛있군."

"감사합니다. 좀 진정이 되셨나요?"

"꽤. …그리운 꿈을 꿨다. 오랫동안 꾸지 않았던 꿈이었지."

"그리운 꿈… 이라고요. 저는 주인님의 꿈만 꿔요."

"에필도 주책없는 이야기를 자연스럽게 하게 되었구먼… 마음이 복잡하군."

코니가 자라서 성장했다면 에필처럼 가련한 소녀가 되었을까? 그런 생각이 한순간 떠올랐지만 머리 한구석으로 밀어버린다. 과거에 너무 사로잡히면 앞으로 해야 할 일에 지장이 생기기 때문이다.

"계약이 달성되었을 때, 나는 왕을 진정한 주인으로 인정하겠다. 각오가 부족했던 것은 내 쪽이었나?"

"무슨 말씀이신지요?"

"음? 아니, 빨리 손주의 얼굴을 보고 싶다고 했다. 나에게 파워를! 손주력을!"

"네에?!"

얼굴이 빨개져서 당황한 에필의 모습을 보며 제라르는 새로이 결의를 굳혔다.

— 다음 권에 계속 —

# 작가 후기

「흑의 소환사 2 거짓된 영웅」을 구입해주셔서 진심으로 감사합니다. 마요이 도후라고 합니다. 2권이니 처음 뵙는 분은 없겠지만 혹시나 모르니 처음 뵙겠습니다. 웹소설 때부터, 혹은 1권에서 이어서 이 책을 읽어주신 독자 여러분, 언제나 구독해주셔서 감사합니다.

자, 제2권이 발매되어버렸네요. 이 책에는 웹판 제2장 '용사편'에 해당하는 부분이 통째로 들어갔습니다. 1권에서 흘끗 얼굴을 보여드렸던 델라미스의 용사들이 본격적으로 등장해서 켈빈 일행과 얽히지요. 좋은 의미에서인지 나쁜 의미에서인지 물으면 용사에게는 어느 쪽일지 미묘(?)하다고 해야 할까요. 주인공이 전투광이라서…….. 아니, 최종적으로는 용사들도 성장했으니 이건 좋은 기회였을 거야. 맞아, 그래!

음, 솔직히 쓸 말이 없어져버렸습니다. 다들 후기에 뭘 쓰는 거지…….. 상황을 타개하기 위해 2권부터 활약하는 캐릭터에 대해 조금 해설하려고 합니다.

델라미스의 용사 일행은 정의감에 불타는 칸자키 토우야, 소꿉친구에게 휘둘리는 시가 세츠나, 은근히 토우야를 좋아하는 미즈오카 나나, 천연을 가장해서 주위 사람들을 휘두르는 쿠로미야 미야비, 이렇게 비교적 대중적인 타입의 파티가 된 것 같습니다. 뭐, 이 작품의 주인공인 켈빈이 너무나 주인공답지 않으니 그 비교 역할로 등장한 느낌입니다. 그들이 앞으로 나올 변태들에게도 지지 않도록 앞으로 노력해주었으면 좋겠습니다. 네, 절실하게.

델라미스라고 하니 빼놓을 수 없는 것이 무녀인 콜레트네요. 처음에는 이렇게까지 메르피나 니임~적인 광신자가 될 예정은 없었는데, 작가가 뭘 잘못 먹었는지 이런 변태로 만들어버렸습니다. 삽화에서도 굉장히 좋은 표정입니다. 솔직히 작가는 그 그림이 제일 좋습니다. 아, 큰일이다. 아직 몇 문장도 쓰지 않았는데 벌써 변태라는 단어가 몇 번 나온 거야. 자중해야지…. 뭐, 그렇게 변태인 그녀입니다만 인터넷판에서 반응은 용사보다 좋은 편이었습니다. 기쁜 오산입니다. 작가도 남보다 조금, 아아… 주 조금 감정 기복이 심한 그녀에게 애착이 있습니다. 언제나 운 좋게 야한 상황을 만들어내는 토우야에게도 지지 않을 정도로, 그녀는 오늘도 여신님을 생각하며 행동합니다.

자, 다음에는 이 책, 제2권 표지를 훌륭히 장식한 세라. 대단히 멋있죠. 군복도 그렇고, 세라의 무기인 너클도 그렇고, 일러스트레이터 쿠로긴 님께는 아무리 감사해도 부족합니다! 정말로 감사합니다. 파티 안에서도 특히 천진난만한 그녀는 거기 있기만 해도 주위를 밝게 만들어줍니다. 그녀는 자유롭게 뜻대로 움직여서 문장을 쓸 때 작가도 대단히 편합니다. 그리고 작가는 양갈래 포니테일을 무진장 좋아합니다. 네, 만족.

음, 아직도 여백이 있나? 진짜입니까, 오버랩 출판사…. 글자 수만 따지면 단편과 별로 다르지도 않은데, 두 배 이상 시간을 들여 쓰고 있다고요…. 음, 그래요. 다음 회 예고 같은 걸로 가죠.

제1권 이후 제2권은 3개월 만에 나왔기 때문에, 순조롭게 가면 제3권은 12월이나 1월쯤에 나오지 않을까요. 제3권에서는 드디어 그녀가 어찌저찌해서 귀여운 무언가가 뿅. 켈빈 일행을 둘러싼 환경도 확 변합니다. 아니, 기본적으로 하고 싶은 대로 하는 건 변함이 없지만요. 그런 느낌의 3권이 되지 않을까! 아, 전혀 예고가 안 되나? 무슨 소리를 하는 건지 모르는 분은 전혀 모르시겠지만, 인터넷판을 본 분이라면 아마 지금 드린 말씀으로 아시지 않을까 싶습니다. 그렇게 생각할게요. 그렇게 다음 권도 열심히 완성하겠습니다.

그러면 다음 권에서도 만나 뵙기를 바라며, 계속해서 「흑의 소환사」를 잘 부탁드립니다.


마요이 도후

# 흑의 소환사 2
## 거짓된 영웅

2019년 12월 8일 초판 인쇄
2019년 12월 15일 초판 발행

**저자** · Doufu Mayoi
**일러스트** · Kurogin(DIGS)
**역자** · 유경주
**발행인** · 정욱
**편집인** · 황민호
**출판사업본부장** · 박종규
**책임편집** · 박정훈 성명신
**마케팅본부장** · 김구회
**마케팅** · 이상훈 김학관 김종국 반재완 이수정 임도환
**국제업무** · 이주은 김준혜 장희정 박경진 위지명 김부희
**제작** · 심상운 최택순 성시원
**한국판 디자인** · 디자인 우리
**발행처** · 대원씨아이(주)

서울 특별시 용산구 한강대로 15길 9-12
편집부 : 02-2071-2093  FAX : 02-794-2105
영업부 : 02-2071-2061  FAX : 02-794-7771
1992년 5월 11일 등록 3-563호

http://www.dwci.co.kr/

원제 黒の召喚士 2
© 2016 by Doufu Mayoi
First published in Japan in 2016 by OVERLAP, Inc.
Korean translation rights reserved by DAEWON C. I. INC.
Under the license from OVERLAP, Inc., Tokyo JAPAN

ISBN 979-11-362-1825-4 04830
ISBN 979-11-362-0473-8 (세트)

# 흑의 소환사 2

## 거짓된 영웅

글 **마요이 도후**
일러스트 **쿠로깅(DIGS)**
번역 **유경주**

전생의 기억 전부와 맞바꾸어 강력한 레어 스킬을 얻어 이세계로 환생한 소환사 '켈빈'. 본능이 이끄는 대로 계속해서 강자와 싸우는 그는 동료를 늘리며 모험자 생활을 만끽하고 있었다. 그런 켈빈 일행의 다음 목적지는 '수국(水國) 트라지'. "환생한 이후로 먹지 못한 흰쌀을 먹고 싶다."는 이유의 평화로운 방문이었는데, 배틀 중독인 켈빈이 얌전히 있을 리가 없다! 불행하게도 그 타깃이 되어버린 것은 어쩌다가 거기 있던 용사 일행이었는데…?!
검은 옷을 입은 배틀 중독자가 동료와 함께 펼치는 상쾌한 배틀 판타지 제2막!!

# 종말에 뭐 하세요? 다시 한 번 만날 수 있나요? 7

글 **카레노 아키라**
일러스트 **ue**
번역 **김진수**

한 소년이 만들어낸 무대에서 한 소녀가 영웅이 되었다. 〈짐승〉에 대항할 수 있는 황금요정(레프러콘)의 존재가 세상에 드러나고, 부유대륙군(레구르 에레)이 작은 수호자에게 열광하는 가운데, 38번 부유섬에 침식의 발소리가 다가온다. "황금요정(레프러콘) 노릇을 하고 올게. 선배들에게는 조금 미안하지만." 파니발 녹크 카테나는 〈열한 번째 짐승(크로와이언스)〉에게 삼켜진 39번 부유섬에 내려선다. 온 힘을 다해 〈짐승〉과 싸우기 위하여. 이것은 만들어진 영웅들의 종말을 향해 다가가는 이야기.

N T N o v e l

# 재와 환상의 그림갈

## level. 14+ ―여전할 수는 없어―

글 주몬지 아오
일러스트 시라이 에이리
번역 이형진

하루히로 일행이 타계 파라노로 흘러들어갔을 때 그림갈에서는 엄청난 이변이 일어나려고 했다…. 격동하는 세계에서 그 남자는 가면 속에 얼굴을 감추고 홀로 오르타나로 향한다….

"나는, 내 마음을 따르고 있는 건가…? 그렇다면 아무런 문제도 없어."

여행을 계속하는 란타의 악전고투를 그린 단편 에피소드 〈가면유정〉. 그리고 뜻을 이루기 전에 죽은 의용병 겐습생 마나토의 마음을 그린 〈부탁이니까, 조금만 더〉. 시호루와 유메가 길드에서 만난 스승들과의 교류를 그린 〈오늘은 잘 자〉 등 TV 애니메이션용 특전 소설도 포함해 총 4편의 에피소드를 수록!

---

N T N o v e l

# 사신에게 길러진 소녀는 칠흑의 검을 가슴에 품는다 2

글 아야미네 마이토
일러스트 시에라
번역 유경주

사신에게서 받은 칠흑의 검을 들고 전장을 달리며, 파네스트 왕국 남방 전선에 승리를 가져온 은발 소녀 올리비아. 오랜만의 승리에 들뜬 왕국이었으나, 곧바로 북방 전선을 유지하던 제3군과 제4군이 괴멸했다는 소식이 날아 들어온다. 그런 상황을 타개하기 위해 올리비아가 있는 제7군은 제압된 지역을 탈환하라는 명령을 받아 북방 전선으로 진군을 개시한다. 한편 제국군을 지휘하는 것은 제국 3장 중 하나이자 붉은 기사단을 이끄는 로젠마리.

상식을 모르는 무구한 소녀가 왕국군 '최강의 말'로서 전장을 달리는 이야기, 제2막!